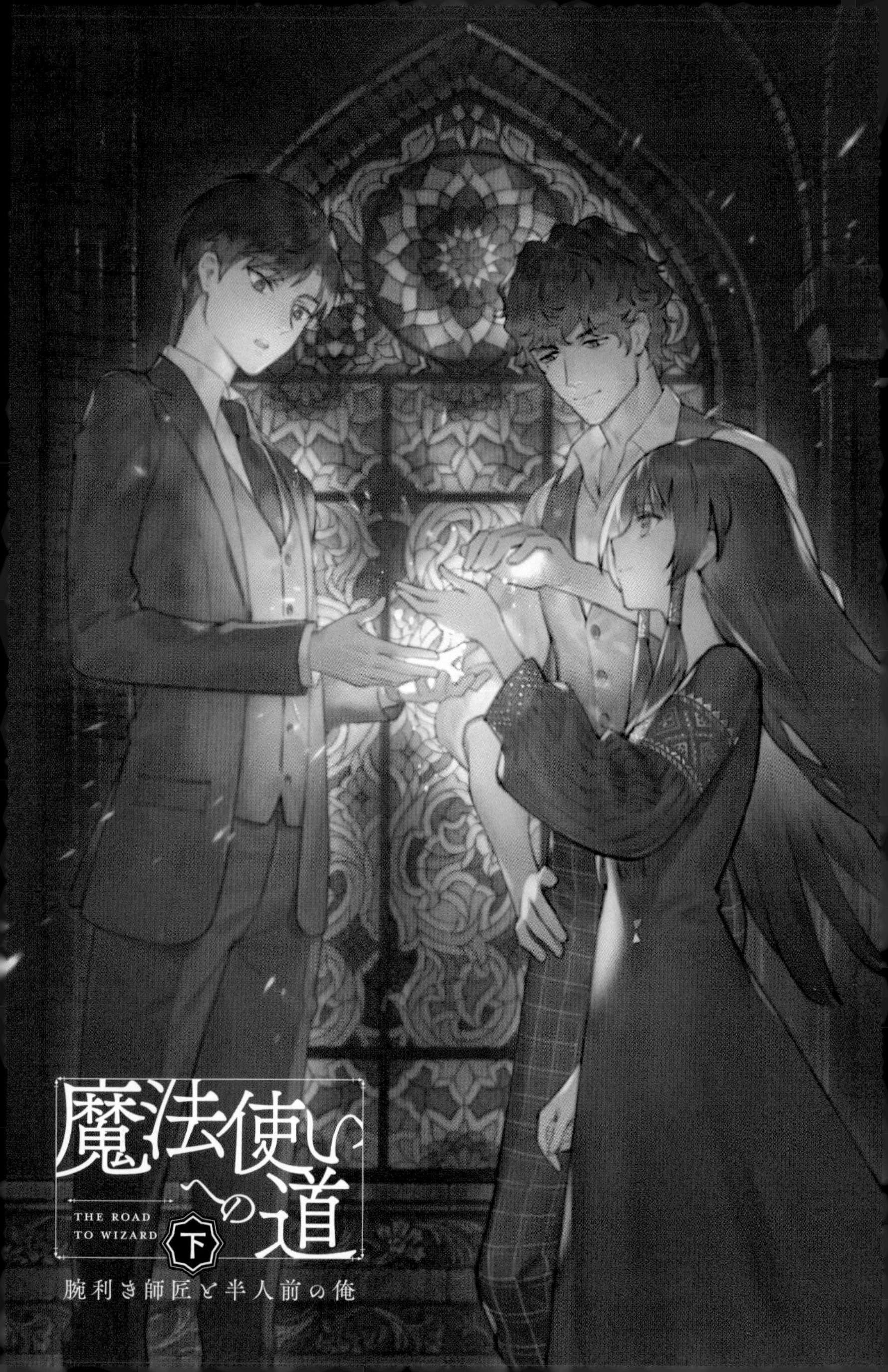
魔法使いへの道
THE ROAD TO WIZARD
下
腕利き師匠と半人前の俺

―お姉さん、だあれ？
―名前は？
―どこから来たの？
―一緒に遊ぼうよ！

——私はミリアム。西の国から来たのよ。
いいわ、遊びましょう。
——その時、まるで天啓が閃いたかのように、
急にアレクシスは得心がいった。
ダニエルがどうして——なんのために
過酷な任務に身を投じているのか、
唐突にその答えが見えた気がしたのだ。

「これからふたりで、
デウム・アドウェルサの連中を殺さずに
大量破壊兵器ウィクトルビスを奪う。
その困難な任務の作戦は――優等生、
お前が立案するんだ」

魔法使いへの道 下

THE ROAD TO WIZARD

腕利き師匠と半人前の俺

AUTHOR
光乃えみり

ILLUST
ずじ

目次

CONTENTS

第七章　終わらない闇
「人を殺した感覚というものは、一生忘れられない。
それは、永遠に自分について回る闇のようなものだ」……006

第八章　護りたいもの
「お前がそういう考えをする奴だってことは、
わかってたよ」……062

第九章　平和の在りか
「魔法使いとしての自分に価値がなくなったとしても……ひとりの人間として生きていけばいいだけですから」……119
第十章　魔法使いへの道
「お前の道は、もうわかっているだろ」……173
終　章……268

THE ROAD TO WIZARD

ダニエル・ブラッグ

数少ない男性魔法使いだが、なぜか常に美少女の姿をとっている変わり者。口も態度も悪く、さらに魔力量も少ないがなぜか強力な魔法を操ることができる。かつては内務省の魔法捜査官だったらしいが……。

アレクシス・スワールベリー

成績優秀だが女性恐怖症のせいで留年の危機に陥っているグラングラス魔法学校の生徒。進級を懸けた実習のためダニエルの元に弟子入りに向かったところ、とんでもない逃走劇に巻きこまれることになる。

ジュリア

内務省の魔法捜査官のひとり。ダニエルとたびたび連絡をとりあっている。

サラ・マレット

聖アルブム教会に仕える修道女でグラングラス魔法学校の教師。アレクシスの理解者。

上巻のおさらい STORYS

魔法学校に通うアレクシスは才能豊かな優等生だが、
冷徹悪人顔＋女性恐怖症で苦労が絶えず、
加えて学年首席なのになぜか留年しそうになっていた。
進級するためには卒業生の弟子見習いとして働かなければならないが
現役の魔法使いのほとんどは女性なのだ。
困っていたところ、数少ない男性魔法使いであるダニエル・ブラッグを紹介される。
さっそくダニエルのもとを訪ねるも現れたのは黒髪の美少女だった。
「オレがダニエル・ブラッグだ」と名乗った美少女は、
襲撃してきた刺客を難なく倒してしまう。なぜダニエルが狙われているのか？
混乱のままダニエルとともに逃走劇を開始することになってしまったアレクシス。
どうやらダニエル・ブラッグは男性なのに、わざと黒髪の美少女の姿をとっており、
さらには人より少ない魔力量にもかかわらず
内務省のエリート中のエリートである魔法捜査官を務めていたということを知る。
美少女の姿なのに態度も口も悪いダニエルについて謎が深まるなか、
ニクス山麓で大規模な地震災害の報が入ってくる。迷うダニエルに進言し、
救助隊に加わったアレクシスが見たのは、魔法だけに頼らない救助方法や
応急手当を駆使し、被災者の心に寄り添うダニエルの姿だった。
尊敬と興味がないまぜになった気持ちが生まれたアレクシスは、
追い返そうとするダニエルの言葉をふり切り、
彼の仕事に同行することを決意する。
その仕事とは、武装集団デウム・アドウェルサが起こそうとしてる
国を滅ぼすかもしれないテロを防ぐことだった——。

第七章

終わらない闇

「人を殺した感覚というものは、一生忘れられない。
それは、永遠に自分について回る闇のようなものだ」

THE ROAD TO WIZARD

疲労が続くと、人は気鬱《きうつ》になるものだ。まして、陽光の届かない暗闇に閉ざされているのであればなおさらだ。

アレクシスは塞《ふさ》ぎそうになる気持ちを励《はげ》まし、だんだんと重くなる足をひたすら前へ進めた。せっかく命の危機を脱したばかりだというのに、先刻もたらされた知らせは心に色濃く影を落としていた。

魔法捜査局の情報が漏洩《ろうえい》し、大規模テロ計画を阻止するための作戦部隊は罠《わな》にかけられ壊滅状態に陥《おちい》った——とぎれとぎれの通信でジュリアから聞いた話によれば、作戦の指揮を執《と》っていた本部長もデウム・アドウェルサの工作員に拉致《らち》され、作戦本部には怯《おび》え切《き》った本部長の声で記録された脅迫状まで送られてきたという。

テロの阻止をあきらめ人質救出に尽力するか、人質を見捨ててでも作戦を強行するか——魔法捜査局は困難な選択を迫られている。今のところ、甚大《じんだい》な被害が予想されるテロを防ぐことを優先すべきだというのが魔法庁の見解のようだが……。

しかし精鋭《せいえい》ぞろいの部隊が大打撃を受けた上、さらわれた本部長が情報を洗いざらいしゃべってしまった可能性が高いとなれば、作戦遂行《すいこう》はもはや絶望的だった。

「よりにもよって、貴族出身《キャリア組》の管理職のなかでも特に軟弱な奴《やつ》を狙われるとはな」

そうぼやいたダニエルは単身クータスタ国へ向かうことをジュリアに告げ、テロに使用される予定の大量破壊兵器を壊してくることを約束した。ジュリアのほうでも部隊の立て直しや内通者の特定など、現状でできることを最大限に行ってみるという。

武装集団デウム・アドウェルサのテロ計画が実行に移される平和式典当日まで、あと三週間。クータスタ国までの国境越えを目指し、ダニエルとアレクシスはいつ終わるとも知れない地下道を延々と歩き続けた。自然と口数は減り、うつむきがちにもなる。

そんなアレクシスに対して少しでも気がまぎれるようにとの配慮《はいりよ》なのだろう、ダニエルは長い長い、身の上話をしてくれた。その内容はとても興味深く、アレクシスは洞窟に響く落ちついたテナーの声に耳を傾けていた。

「オレが生まれたのは、首都ソルフォンスの貧民街《スラム》だった。スラムと言っても、オムニス帝国と比べたらこの国のそれはずっとマシだがな。貧しくはあったが、オレも盗《と》ったり売ったりせずに子供時代を送ることができた」

(売る？　あ、そうか……)

アレクシスは一瞬、闇市で無許可販売をする人々の姿を思い浮かべたが、そうではないと気がついた。売春のことを言っているのだ。

ダニエルの母親は占い師だった。

魔法の教育こそ受けていなかったが、魔力を操ることのできる本物の素人占いだった。

豊かな黒の巻き毛に小麦色の肌をした美人で、典型的なオムニス人の見た目をしていたが、瞳《ひとみ》だけがめずらしい紫色だった。オムニスなまりの西方語を話していたから、おそらくオムニス帝国からの移民だったのだろう。南国風の整った顔立ちから発せられる艶《つや》のある美しい声は不思議な魅力を持ち、聞く者を惹《ひ》きつけた。予知の的中率は本職の魔法使い顔負けの腕前で、その神秘的な容姿とあいまって評判が立ち、お忍びで富裕層の人間がやってくるほどだった。

父親のほうは、ひと言でいえばろくでなしだった。

もとはどこかの金持ちの道楽息子で、勘当《かんどう》されたか家が没落したかは定かでないが、頼れる身内もなく、当人もまるで労働に向いていなかった。商売を始めても続かないし、働きに出てもすぐに辞《や》めてしまう。唯一得意だったのはリュートの演奏くらいだ。大口を叩《たた》くわりに気は弱く、自分の窮状《きゅうじょう》を嘆いては、その鬱屈《うっくつ》を晴らすために妻の稼いできた金で酒を飲みに行くような男だった。

「それでもまあ、幼かったオレは父親が嫌いじゃなかった。親父《おやじ》が陽《ひ》の差す窓辺でのんびりリュートを弾《ひ》いているのを聴くのが好きだったし――母親がそれなりに幸せそうで、親父に優しかったからかもな」

近所には、医者と看護師の夫婦が住んでいた。

東方からの移民で、名をヒロタと言い、治療費《ちりようひ》が払えない貧民街の住人を無償で診《み》ていた。

あとから知った話では、このヒロタ夫妻はその働きを認められ、厚生省からある程度の資金援助を受けていたようだ。だが正式に政府から活動を保障されていたわけではなく、実際、夫妻が貧乏な暮らしぶりなのはあきらかだった。

夫のヒロタ医師は肝《きも》が据《す》わっていて、患者がどんな荒くれ者だろうと物怖《ものお》じせず、東方人だと差別されても意に介さなかった。西方人も東方人も、善人も悪人も、金持ちも貧乏人も区別なく扱《あつか》って治療していた。かといって聖人のような人格者かといえばそんなことはなく、口が悪くて年中スラング混じりで患者を怒鳴り飛ばしていた。しかも口うるさいのは患者に対してだけでなく、となり近所の人間すべてに及《およ》んでいた。

「オレは『ひまなら手伝え』とたびたびとっ捕まって、診療所の雑用をさせられた。その代わり、ヒロタ夫人はよく飯を食わせてくれたし、読み書きや計算も教えてくれた。オレはあごでこき使われるのに反発したもんだが、なんだかんだで診療所に入りびたっていた」

そしてダニエルは、ヒロタ夫妻の家に住んでいた長い黒髪の少女のことが気になってもいた。

東方の血を引いているのは間違いないが、ヒロタ夫妻にはまるで似ていないし、家族という雰囲気でもなかった。

ヒロタ医師が彼女に診療所の手伝いをさせることもあったが、無愛想でほとんど口を利《き》こうとしない。人間不信や引っこみ思案という態度ではなく、誰とも馴《な》れ合《あ》わないその姿にはどこか孤高の凜々《りり》しさがあった。近所の人間は様々なうわさ話をしたが、ヒロタ医師は余計なことはなにも口にしなかった。

人形のように美しい容姿をしていた彼女に対し、年頃の少年たちは興味津々《きょうみしんしん》だった。しかしまだ子供だったダニエルは、正直とっつきにくいと感じていた。

「だが、その少女とふたりきりになる機会がやってきた。怪我《けが》をしたオレが診療所を訪ねるとヒロタ夫妻は外出中で、家には彼女がいた」

少女の暗褐色《ダークブラウン》の瞳に見据えられ、ダニエルはたじろいだ。

「怪我をしたのか」

血を流すダニエルの腕を認め、凜《りん》としたアルトの声で言った。ダニエルがおずおずとうなずくと少女は「見せなさい」と言って、ダニエルのすぐそばまで歩み寄った。

腕を差し出すと彼女は両手でそれを支え、静かに言った。

「水精霊《ウンディーネ》」

突然冷たい水が腕に降りかかって、ダニエルは飛び上がりそうになった。傷口を洗い流した水はそのまま土間へとしたたり落ち、足もとを濡《ぬ》らす。

「治癒《サニターテム》」

続けて彼女が言うと、患部がじんわりと心地よい熱に包まれ、見る間に傷口が塞がっていった。ダニエルは呆然《ぼうぜん》と少女の瞳を凝視する。

「あんた……神の使いかなにかか？」

言われて、少女は少し不愉快そうな表情をした。

「魔法使いだ。知らないのか？」

──魔法使い。ダニエルには、初めて聞く言葉だった。

「だって、母さんが言ってた。癒《いや》しの業《わざ》を使えるのは天からの使者だって」

ダニエルの腕を放すと、彼女は背を向けて台所のほうへ行ってしまった。なんとなく、自分の発言が不興を買ったのだと察する。ダニエルはその後ろについて行き、大きな声で言った。

「ありがとう」

少女がふり返ってこちらを見た。

「あんたのその力があれば、センセイたちの治療もいらないな」

ダニエルがニッと歯を見せて笑うと、彼女もわずかに笑みのようなものを浮かべた。「私もそう思う」

「でも、それを言ったらマサユキにどやされた。生意気言うなって」

「マサユキ？」

「ヒロタ先生の名だ。妻はフサコ」

「オレもよく、センセイに叱《しか》られる。でも、いやじゃないよ。オレ、センセイたちのこと、好きだ」

今度こそ、少女ははっきりと微笑《ほほえ》んだ。

「私も、そうだ」


「――それが、アイリーンだった。六つか七つくらいだったオレとさして変わらない年齢に見えたが、実際は五歳も年上だった。東方人は顔立ちが幼いからな。もっとも、アイリーンが純粋な東方《オリエンテ》から来た人かどうかはわからない。ジュリアとともに、ふたりは親の顔を知らない孤児だった……」

ダニエルの声は、なにごとか思い出したように沈んだ。

「アイリーンがどうしてヒロタ夫妻のもとに引きとられてきたのかは知らない。だが、その生活は長くは続かなかった。ヒロタ夫妻は翌年起きたテロに巻きこまれ、死亡した。アイリーンはどこかへ姿を消してしまい、悲しみを分かち合うことすらできなかった。そのままオレがそれなりに平和な人生を送っていれば、きっと二度と会うことはなかっただろう。アイリーンとの再会は、望ましい形じゃあなかった」

ふぅーっと、ダニエルは長い息をついた。

「九歳の時にオレは、自宅で両親が死んでいるのを見つけた。ふたりとも血まみれで、親父の手にはナイフがにぎられていた。地元警察が形ばかりの捜査をし、無理心中だと結論を出したが、オレには信じられなかった。確かに親父はどうしようもない奴だったが、妻を殺すような害意も度胸もない。だが、周囲の人間は納得していた。その頃の母親は金持ちの顧客《こきゃく》の相手ばかりしていて、高級馬車が迎えに来たのも一度や二度じゃなかった。裕福なパトロンと事実上の愛人関係にあったに違いないとうわさされていたのをオレも知っていた。痴情《ちじょう》のもつれの末、夫が妻を殺したのだろうと」

それでも、ダニエルには納得がいかなかった。

警察は当てにできない。スラムの仲間に頼んで情報を集め、なにか真実の手がかりとなるものはないかと奔走《ほんそう》した。そして母親の顧客に物騒《ぶっそう》な連中がいたと知り、追及するべく敵陣へ乗りこもうと試《こころ》みた。

「だが、それを止める者が現れた。アイリーンだ」

「やめておけ。それ以上嗅《か》ぎ回《まわ》れば、お前も消される」

「いやだ。急に現れて、なんでそんなこと言うんだよ。大体、今までどこでなにしてたんだ！」

アイリーンは質問に答えず、暗褐色《ダークブラウン》の双眸《そうぼう》が射貫《いぬ》くようにダニエルを見返した。

「お前の両親を殺した奴らは、私が必ず捕まえる。表舞台に引きずり出して、己《おのれ》がしたことを心底後悔させるような制裁を加えてやる」

アイリーンの声にこめられた、あまりにも強い意志に気圧《けお》された。

少女の瞳に爛々《らんらん》と燃え盛っているのは、まぎれもない憎悪《ぞうお》だった。なにがそこまで彼女を怒りに駆り立てるのだろうと、見る者に畏怖《いふ》を抱《いだ》かせるほどの……。


ダニエルは苦笑した。

「『アイリーン』なんて名前をつけられたくせにな」

アイリーンとは、「平和の女神」という意味があるのだ。

「いつでも、彼女は巨悪を憎んでいた」


ダニエルが驚いたことに、アイリーンは政府の捜査機関である魔法捜査局に就職していた。当時は刑事部に所属し、魔法使いがからんだ事件を追っていた。ダニエルの疑いどおり、両親は犯罪に巻きこまれていたのだ。

ダニエルの母親の顧客のなかに、無免許魔法使いに精霊との違法契約を仲介する犯罪組織の幹部がいた。

魔法使いは原則、エリシウム魔法協会の認定資格を取得して初めて、協会が契約した精霊を介《かい》して魔法を行使できる。魔法を悪用させないためにできた制度だが、どこにでも抜け道というのはあるものだ。魔法協会とは別の独自ルートで精霊との契約を結ぶ方法は存在し、それを商売にする者もいる。黒魔法や悪魔信仰の類《たぐ》いも、そういう経路で使用が可能となっているのだ。終戦以来禁術に指定された危険な魔法も、闇取引で売買されている。

「オレの母親は、その秘密を知りすぎたんだ。口封じのために殺され、その殺人を偽装するために父親も殺された」

その後、アイリーンは宣言どおり事件の真相を暴《あば》き黒幕を逮捕した。

正確には、逮捕の前に半殺しにするところを他の捜査官たちが止めに入ってすったもんだのあげく、法の裁きを受けさせることをアイリーンに無理やり納得させた、というのが正しい。

九歳のダニエルは無事に両親の汚名が雪《すす》がれたことに安堵《あんど》したが、同時に途方に暮れた。この先ひとりで、なにを糧《かて》に生きていけばいいのかと。

そんな時、アイリーンから自分のところに来ないかと声をかけられた。


「私は殺人者が嫌いだ。だから魔法捜査局に入った。もしお前にやる気があるのなら、私が鍛《きた》えてやる。魔法犯罪者どもに決して負けない、強い魔法使いに」

そう話すアイリーンは、十五歳になったばかりとは思えない精悍《せいかん》なたたずまいをしていた。己の力を疑わない堂々とした姿は、虚無感で索漠《さくばく》としていたダニエルとは大きな隔《へだ》たりがあるように思えてならなかった。

「……アイリーン、オレには魔法使いの才能がないんだ。あんたがいなくなってから、オレは魔力量ってのを国の検査で測られたけど、魔法を使えるほどの魔力は持っていなかったんだ」

暗い顔で言ったダニエルに、アイリーンはまったく表情を変えなかった。

「問題ない、師弟契約を結べばいい。知らないか？　正式な契約を交わせば、師匠と弟子は魔力を共有できる。私の魔力は百万トリクル以上だ。たとえ半分に分けても、どの魔法捜査官の魔力量よりも多い」

「百万トリクル⁉」

アレクシスは思わず声を上げた。とんでもない量だ。

「まあ、当時の測定値の限界が百万だったから、実際はもっとあっただろうな」

「えぇぇー……伝説級の数値じゃないですか」

「まあな。だが、アイリーンの優れた点はその驚異的な魔力量より、魔力操作の正確性にあった。普通、魔力量の多い魔法使いは、魔力を使い果たして消耗《しょうもう》する心配がないせいでその扱いが雑になる傾向がある。アイリーンはそのあたりを徹底していた。一滴の魔力も無駄にせず有効利用する、精密な魔法使用を実践《じっせん》していた」

アレクシスは驚嘆した。

「それほど優秀な方だったから、若くして魔法捜査官になることができたのですね」

「ああ――いや」

ダニエルの声がかげった。

「アイリーンが魔法捜査局に勤めたのは……政府の判断でそう決められていたからだ。アイリーンは初め、自身が犯罪組織の一員だった。魔法犯罪のなかでも、特に悪質な――魔力のある子供をさらってきては、暗殺者に仕立て上げるような奴らに育てられた」


アイリーンは物心つく前から、ずっと人殺しの術《すべ》を教わってきた。

ジュリアともそこで出会い、他にもたくさんの子供たちがいた。彼らが兄弟のように育ったかといえば、そうではなかった。

組織は訓練生たちが馴れ合い結束することを良しとせず、常に競わせ、互いを監視させていた。裏切り者を排除し、上の者に忠誠を誓わせるために。幼い子供たちの誰もが、慈悲や助け合いといった心を育《はぐく》む機会を奪われたのだ。

アイリーンは組織にとって優秀な生徒だったが、同時に厄介者でもあった。彼女は非常に賢く、また、自身の膨大《ぼうだい》な魔力が自我や精神を守るように働いていた。そのおかげで、アイリーンには組織の洗脳教育《マインドコントロール》が効果を成さなかったのだ。

四歳の時にさらわれてきたジュリアも、アイリーンとは別の形ではあったが、洗脳にかからずに済んだひとりだった。ジュリアは生まれてすぐアルブム教会の前に置き去りにされた捨て子だったが、強力な守護魔法がかけられていたため、その力が彼女を守り続けていたのだ。

「まあ、そもそもそんな奴らにさらわれるっていう最悪な事態は防げなかったわけだが」

ダニエルは皮肉っぽく言った。

それでも、乳児の時にかけられた魔法が効力を維持していたのは、ジュリア自身の力があったからだ。

守護魔法のおかげだろうか？　ジュリアは生まれた時から神の存在を信じ、その加護の力を疑わなかった。

どんな状況においても自分の命があることに感謝し、他者のために祈った。そうすることで、彼女は幼き時分より己の精神を健全に保ち続けることができたのだ。一本筋のとおった信念というものは、時にどんな強力な魔法よりも力を発揮することがある。

「アイリーンとジュリアは、不思議と言葉を交わさずとも水面下で友情を育んでいった。背信防止の制約魔法がかけられていたせいで、ふたりとも表立って組織に歯向かうことはできなかったが、アイリーンはジュリアを連れて逃げる機会をずっとうかがっていた」

その機はアイリーンが十歳の時に訪れた。ついに魔法捜査局の捜査の手が及び、突入部隊が制圧に乗り出したのだ。組織が徹底抗戦する混乱のなか、ふたりは脱走に成功した。

そのまま一般人にまぎれて生活していきたかったが、ふたりとも暗殺者の仕事以外はなにも知らない、無力な子供だった。

結局魔法捜査局に見つかり、保護された。政府はふたりの処遇《しょぐう》を、いずれ魔法公務員として国のために働くという条件で罪に問わない取り決めをした。そして、常に魔法庁の監視下に置くと。

「ふたりはアルブム教の修道院へ送られた。愛や善悪の区別といった、道徳や倫理を学ばせたかったんだろう。その点、ジュリアは白魔女としての資質があった。彼女は新しい暮らしにすぐにとけこみ、魔法治療士としての道を歩み始めた。対して、アイリーンはまったくなじめなかった。たびたび脱走しては、外の人間と悶着《もんちゃく》を起こす問題児だったようだ。温厚な修道女たちもついに音を上げ、政府が次にアイリーンを預けた先は、東方からの移民が住まう地区にある、シューニャ教の寺院だった」

寺院の最高責任者でもあった高僧のソナム師は、アイリーンに根気強く平和と慈悲の心を教えた。

アイリーンは神も仏も信じてはいなかったが、僧侶たちが行う瞑想法《めいそうほう》は彼女の憎悪や破壊衝動を鎮《しず》めるのに有効だった。アイリーンは毎日瞑想《メディテーション》を行い、徐々《じょじょ》に情緒を安定させていった。

しかし、心は常に孤独に侵されていたのだろう。アイリーンは力を持つがゆえに、誰かを必要とすることが不得手だった。本当は与えられるべきものを、はなから自分にはいらないものなのだと思いこんでもいた。

「もしかしたら、ヒロタ夫妻に引きとられた理由はそれだったのかもな。修行に励む僧侶に囲まれた寺院の生活よりも、普通の家庭の暮らしを知ることが肝要だとソナム師は判断したのかもしれない。その時間がもっと長く続けばよかったと、本当に残念に思うよ」

ダニエルは淡々と言ったが、その口調とは裏腹に切実な思いが感じとれた。聞いているアレクシスの胸まで苦しくなってくるほどに。

「アイリーンさんは……過去の痛みが癒されることはなかったのですか？」

「難しかっただろうな。アイリーンが囚《とら》われていた組織は本当に、くそったれな場所だったんだ。アイリーンは多くを語らなかったが、一度打ち明けてくれたことがあった。オレが彼女に、平和な——一般に言う、幸せな暮らしに憧れはしないのかと聞いた時だ。魔法捜査官なんて危ない職業じゃなく、たとえば——結婚して子供を産む、といったような」

ダニエルの問いに、アイリーンは凪《な》いだ夜のように静かな目をして言った。

「私は子供を産めないんだよ」

「……どうしてだ？」

「そういう体だからだ。組織は女の戦闘員に生殖機能があることを嫌った。成長期を迎える前に、強制的に子宮の摘出手術を受けさせられる」

彼女は服の裾《すそ》をまくって下腹部を見せた。生々しい大きな傷痕がはっきりと残っていた。

ダニエルは、目の前が真っ赤《まっか》になるような怒りを覚えた。両親の死の真相を追っていた時でさえ、ここまでの激情に襲われたことはないと思うほどの。

「……許せない」

怒りに震えるダニエルの様子を、アイリーンは妙に落ちついたまま眺めていた。それが一層ダニエルの感情をあふれさせた。

「そんなこと、許せるはずがない。過去に戻れるなら、そいつら全員ぶち殺してやる！」

アイリーンはあいかわらず無表情だった。いつも犯罪者に怒りを爆発させている人物とは思えないくらい冷静だ。

「どうせ、もう全員死んでいる。それに私は、子供が欲しくはないからな。今さら怒る理由もない」

「なんでだよ！　怒っていいに決まってるだろ！」

ダニエルは、激しいいら立ちのあまり泣き出しそうなくらいだった。

アイリーンは静かにダニエルの顔を見つめた。

「お前が怒ってくれたから、もうそれでいい」

ダニエルは言葉を失い、ただアイリーンの暗褐色《ダークブラウン》の双眸《そうぼう》を見つめた。その瞳がふっと細められる。

「私は、ジュリアが無事だっただけでいいんだ。あの子は私より二歳年下だったから、ぎりぎり手術を受けることをまぬかれた」

ダニエルはうなだれた。どうしようもなく、涙が出てきそうだった。

アイリーンは、両手でそっとダニエルの頭を包んだ。その頃はまだ、彼女のほうが背が高かった。ダニエルの巻き毛に顔をうずめ、ささやくように言った。

「いいんだ、ダン。お前が怒ってくれて……私にもそんなふうに、代わりに怒ってくれるほど想《おも》ってくれる相手がいるのが……今の私には、嬉《うれ》しい」

ぎこちない話し方だった。アイリーンは、自分の感情と向き合うのが得意じゃない。特に、喜びや充足感といった——幸せな感情とは。

「……でも、お前が怒ったり泣いたりしているのを見るのは、やっぱり嬉しくないな」

ダニエルははなをすすりながら答えた。

「泣いてない」

「じゃあ、笑ってくれ。私はお前の笑顔が好きなんだ」

ズッと、洞窟内にはなをすする音が響いた。

「泣くなよ、優等生」

「泣いてません！」

アレクシスが叫んだ。

アイリーンがその話を口にしたのは、彼女がそのことを「大したことではない」と思っているからだと、ダニエルは気がついていた。もっとずっと、耐《た》え難《がた》く忘れられない苦痛が、数えきれないほどあったに違いないと。

「それを考えると、アイリーンが組織犯罪を異様に憎み続けたのも仕方のないことだ。周囲の大人はそんな彼女をあわれみ、同時に恐れてもいた」

強大な魔力を持っていたから、それは避《さ》けられないことだった。

あからさまに危険視する者も多く、彼女が犯罪者側に寝返らないかどうか、上層部は常に監視の目を光らせていた。

それでも、ダニエルのアイリーンへの信頼が揺らぐことはなかった。少なくとも彼女がダニエルに与えてくれたのは、愛情以外のなにものでもなかったからだ。

「実際、オレを拾ってアイリーンは大変だったはずだ。なにしろ、同居したての頃のオレは夜もろくに眠れず、悪夢に悲鳴を上げて飛び起きる毎日だったからな」

アイリーンはどんなに仕事が忙しくとも、決してダニエルをひとりにはしなかった。悪夢に怯えるダニエルを抱きしめて、大丈夫だとひと晩中でも言い聞かせてくれた。

「真実、彼女はオレの家族だったよ」

「……アイリーンさんのおかげで、ブラッグさんはつらい経験を乗り越えられたのですね」

アレクシスの言葉に、ダニエルは思いのほか明るい笑い声を上げた。

「まあな。だが、アイリーンと家族でいるほうもなかなか大変だったぞ。なにせ魔法使いとしては一流だったが、それ以外のことにかけては壊滅的だ。料理をすれば食材を炭化させ、掃除をすれば家具を破壊する。オレは安全で快適な暮らしのためには、自分がしっかりしなきゃならないと悟ったね。逆をいえば、アイリーンの生活力がなさすぎたおかげでオレは意気消沈しているひまもなくなり、家事が得意ないい男に成長できたってわけだ」

ダニエルは、懐《なつ》かしむようにやわらかな声で言った。

「思えば、アイリーンとの生活は楽しかったな。ジュリアと親しくなってからは、特にな」

ジュリアは十四歳で魔法庁災害対策局魔法救急救助部の医療課に就職した。その後、救援課、救助課と異動しながら順調に経験を積んでいった。

ダニエルのほうは、ジュリアより一年遅れで魔法捜査局の刑事部に採用された。その後、アイリーンとダニエルは刑事部から国家公安部、情報部へと転属した。優秀な魔法使いは年々減少していたので、だんだんと、より高度な技量が必要とされる人手不足の部署へ移されたのだ。おのずと、仕事現場は殺伐《さつばつ》としたものになっていった。

それでもダニエルは、アイリーンとジュリアの三人でいられれば楽しかった。

個人プレーで苛烈《かれつ》なアイリーンと、友好的で柔和《にゅうわ》なジュリア。対照的なのに、ふたりは姉妹のように仲が良かった。時に暴走しがちなアイリーンをダニエルとジュリアがなだめるのがお決まりで、そんな関係を三人とも気に入っていた。

——けれど結局、そんな日々も長くは続かなかった。

アイリーンが二十歳《はたち》の誕生日を迎えるはずだった年、彼女は亡くなった。

「危険な任務でな。敵の本拠地に潜入した精鋭部隊がほとんどやられ、援軍も望めない、最悪な状況だった」

それでもアイリーンは、敵の総大将をあと一歩で仕留めるところだった。

敗北を悟った相手はみずからの命と引きかえに、恐ろしい魔法を発動させた。術の効果範囲内の人間はどんな防御魔法を使っても回避できない、確実に命を奪う禁術だ。

「オレはもう助からないと、死を覚悟した。膨大な魔力の波に呑《の》まれながら、自分の体が末端から失われていくのを、確かに見た。……だが、オレは死ななかったんだ」


「……アイリーン？」

ダニエルが目を覚ました時、枕もとにはジュリアがいた。

自分は魔法捜査局が運営する病院のベッドで横になっていた。魔法庁のシンボルマークが壁に描かれているので、すぐにそれとわかった。病室にはオレンジ色の光が差しこんでいて、日暮れ時か明け方のどちらかだろうと思った。

「ダン。あなたは三日間眠っていたわ」

ジュリアはやつれ、とても疲れて見えた。いつもは太陽のようにまぶしい美貌《びぼう》と笑顔も、曇《どん》天《てん》の空にかげってしまったかのようだ。

そもそも、特別高度救助隊の任務で忙しいはずの彼女がどうしてここにいるのか。ダニエルは苦労して体を起こしながら――すぐにジュリアが手を貸してくれる――聞いた。

「ジュリア。アイリーンはどうしたんだ？　無事なのか？」

ジュリアの榛《はしばみ》色《いろ》の瞳が揺れ、濡れて光った。

「アイリーンは亡くなったわ、殲滅《せんめつ》魔法で……。助かったのは、あなただけよ」

衝撃だった。

あの、誰よりも強いアイリーンが死んだ？　そんな馬鹿なはずはない。信じられるわけがなかった。

ただ、目の前で涙を流すジュリアの悲しみは本物だった。呆然とそれを眺め、ダニエルは毛布の上に置いた自分の両手を見つめた。

……どうして腕が無事なのだろうか。あの時確かに、四肢《しし》を失う痛みと恐怖を味わったはずなのに。

そして、思い出した。意識が途切れる寸前、アイリーンが自分に手を伸ばし、両腕でかばいながら――なにごとか言った。呪文だったのか？

言葉の内容は思い出せなかったが、アイリーンは間違いなくダニエルを助けようとしていたのだ。

「遺体は、あったのか？　本当に、アイリーンは……」

ジュリアは、答えるのがつらそうだった。けれどもそれを伝えるのが自分の役目だというように、しっかりとダニエルの目を見つめて言った。

「肉体と呼べるような状態ではなかった。それでも、監察医がアイリーンに間違いないと認めたわ。私も、検死報告書を入念に確かめた」

ダニエルはジュリアの痛みを感じながら、突きつけられた事実を受け入れるしかないのだと、わかり始めていた。だがそれはあまりにも重く、到底受けとめきれるものだとは思えなかった。

「アイリーンは、オレをかばったんだ」

ダニエルは、まるで懺悔《ざんげ》をするように言った。

「オレが、一緒にいなければ……アイリーンひとりだったら、きっと……」

きっと、彼女は切り抜けられたに違いない。アイリーンは自身のありったけの魔力を、弟子を生かすためにすべて使った。そうでなければ、自分がこうして生きていることに説明がつかない。

気がつくと、ジュリアに抱きしめられていた。やわらかな金色の髪が頬《ほお》に触れ、彼女の香り

――消毒液と薬用ハーブの清潔な香り――がした。ダニエルの背中を抱いた手はあたたかく、生きている人間のぬくもりがあった。

「ダン。アイリーンがなにを一番守りたかったか……あなたにはわかるはずよ」

「オレが……オレが守りたかったのは……アイリーンがいる生活だよ」

ジュリアは黙って、抱きしめる腕に力をこめた。

ダニエルも、もうなにも言うことができなかった。

ジュリアの背中に腕を回し、きつく抱きしめ返した。まるでそうしなければ溺《おぼ》れてしまうというように、すがりつくような気分で、互いの痛みを感じていた。


ズズッと、洞窟内に先ほどより大きくはなをすする音が響いた。

「おい、あんまり泣くと水分不足になるぞ」

「泣いてません……」

アレクシスははなをかんだ。


アイリーンを失い、ダニエルは失業の危機に瀕《ひん》した。

それまで魔法捜査官としてやってこられたのは、アイリーンの魔力を分けてもらっていたからだ。彼女からの魔力供給がなくなれば魔法は使えないも同然で、ダニエルは魔法使いとして終わったと、誰もがそう思っていた。

「上司には『退職金は相当な額になるから心配しなくていい』とほのめかされたが、オレは向こうから突きつけられない限りは、退職届を出さないと決めた。幸い負傷手当として見舞金と静養期間が与えられていたから、職務を離れて考える猶予《ゆうよ》はたっぷりあったしな」

「すごいですね……」

大事な人を亡くしたばかりで、よくそんなふうに心を強く持っていられるものだ。アレクシスがそう言うと、ダニエルは「別に強いわけじゃない」と言った。

「散々こき使われたあげくにあっさり用済みを言い渡されて頭に来たってのもあるが、一番の理由は、捜査官の仕事を簡単に手放していいものか決めかねていたからだ。アイリーンが命がけでやり遂《と》げた仕事だからな。実際、内勤の仕事に転向するという選択肢もなくはなかった」

だが、捜査局に残ることが正解なのかもわからなかった。

アイリーンは確かにたくさんの功績を残したが、捜査官として誰もに慕《した》われていたわけではなかった。むしろ敵が多く、上層部には危険視され、同僚には妬《ねた》まれ陰口を叩かれ、もしくは恐れられ距離を置かれて——ダニエルには、彼女が良い人生を送れたとは到底思えなかった。

もちろん、自分がアイリーンの人生の評価をするのは違うのだろう。彼女はいつも行動に迷いがなく、納得して生きていたのだから。

それでもダニエルは、アイリーンの生に虚《むな》しさを感じずにはいられなかった。そしてそれは、今後の自分の人生にも言えることだった。だから迷いが生じるのだ。

「オレには、彼女の遺志を継いでいこうと思うような志もなかったしな」

もとより、アイリーン自身が愛国心や崇高《すうこう》な思想とは無縁だった。自分の好きなように生きていたし、その生き方を他人《ひと》に押しつけることもなかった。きっとダニエルにも「好きに生きろ」と言うだろう。

「とにかく、オレには時間が必要だった。考える時間がな」

ところが現実は、のんびり悩んでいる余裕などなかった。急に魔法が使えなくなった生活は、予想以上に大変だったのだ。

一流の魔法使いは日頃から、己の技術の向上のためにも手足のように魔法を使う。灯《あか》りに光魔法、調理に火魔法、洗濯に水魔法と、息をするのと同じくらい気軽に行使するのだ。ダニエルも初めはそのくせが抜けずに魔法を使ってしまい、消耗して動けなくなる事態に幾度も陥った。

それだけならまだしも、偶然子供が川に流された場に居合わせた時、魔法を使って助けられないことがひどく歯がゆかった。結局みずから川に飛びこんで救助に成功したが、魔法なしで溺れる人間を救うのがいかに大変なことかを痛感した。

「そして思った。仕事を抜きにしても、もう一度魔法使いとしての道を探してみたいと」

最初に試したのは、魔力総量を増やす方法だ。

有効だと言われていることを色々とやってはみたが、結局何度測っても魔力量は十トリクルから十五トリクルほど。簡単な防御魔法や治癒《ちゆ》魔法なら一回、強力な攻撃魔法は発動すらできない。いざという時に使いたいのだから、これでは話にならない。

「あの、魔石や魔法具を使うことはできなかったのですか？」

アレクシスは遠慮がちに口をはさんだ。

魔石には魔力を蓄積《ちくせき》しておくことができ、使用者の魔力を消費せずに魔法を発動することが可能だ。魔法具は魔石を動力源にした道具で、魔法銃などがこれにあたり、戦時中は魔法が使えない兵士も携帯していた。

「あの手の飛び道具がどれだけ高くつくと思う？　攻撃魔法が飛び交う現場で遠慮なく使っていたら、あっという間に破産しちまう」

「でも、それくらい政府が支給してくれても……」

命がけで戦っている人に対して、あまりに冷たいではないか。

言外にそう訴えると、ダニエルは鼻を鳴らした。

「たとえそれが可能だったとしても、そんなものに頼っているような奴は笑いものにされる。そういう世界なんだよ。アイリーンが生きていた頃から、ただでさえオレは『師匠のスカートの陰で守ってもらっているボクちゃん』だと叩かれていたしな」

「そんなことを仲間に言うのですか？」

アレクシスが怒りとあきれの半々の声で言うと、ダニエルはこちらに顔を向けてにやっと笑った。

「ムカつくだろ？　おかげで、意地でも自力でなんとかしてやろうって発憤《はっぷん》するわけさ」

努力でどうにもならないことに焦ってもしょうがない。自分に魔法使いの資質がないのは初めからわかっていたことだ。手に入らないものに執着《しゅうちゃく》するのをやめ、今できることに集中すると決めた。

アイリーンから教わったことは数えきれないほどある。彼女は魔法使いとしての才能に頼らず、常に技術を磨き、心身ともに最良の状態を保てるように心がけていた。ダニエルはアイリーンから学んだことを毎日実践した。

自分の魔力を手足のように自在に操るためには、魔力を捉《とら》える感覚を研《と》ぎ澄《す》ませること。アイリーンはシューニャ教の寺院で覚えた瞑想法を自分なりに改良して、集中力を高め感覚を鍛えるのに役立てていた。その効果のほどはダニエルもよく知っている。瞑想《メディテーション》を日課にすると、頭の冴《さ》え方《かた》や疲労回復度がまったく違うのだ。

それらに加えて、体を鍛えることも怠《おこた》らなかった。アイリーンは魔法を使わずとも、体術だけで大勢の戦士と渡り合えるほどの戦闘力を有していた。当然、非番の時も肉体の鍛錬《たんれん》は欠かさない。ダニエルも魔法捜査官養成所であらゆる訓練を受けたが、アイリーンの個人指導についていくのにはひと苦労だった。

他にすることもないので、ダニエルは毎日瞑想と肉体訓練をし、魔力を精密に操る練習に励んだ。

もとより魔法使いになってからは、魔力の操作に人一倍神経を使ってきた。アイリーンを見習っていたのはもちろんだが、彼女から分けてもらった魔力を一滴たりとも無駄使いしないという、自分なりの誠意だったからだ。その甲斐《かい》あって、その腕前はアイリーンにもお墨つきをもらっていた。それをさらに高め、維持することに専念した。

「修行って、やり始めると極めたくなるところがあるよな、筋トレみたいに」

「はあ」

同意を求められても、修行も筋力トレーニングもやったことがないアレクシスにはさっぱりだが。

そうやって日々をすごすうちにダニエルの技術は卓絶《たくぜつ》したものとなっていき、その結果なのかどうか——ある日、思いもよらない変化が訪れた。

「あの現象を言葉で説明するのは、なかなか難しいものがあるけどな……」

ダニエルは考えながら、その体験を話し始めた。

鍛錬のためにロッククライミングをしていた時のことだ。運悪く落石が起こり、ダニエルは谷底へ真っ逆さまに落ちてしまった。

　このままでは死ぬ、と思った時、不思議なことが起きた。

　目に映る景色がすべて、鮮やかな色の奔流《ほんりゅう》をまとって見えた。それは力強い波動とともにダニエルに伝わってきて、直感的にこれは魔力なのだと気がついた。自然界の魔力を、五感以上の感覚で認識できているのだと。

　そして、自分自身の魔力もはっきりと同じように感じることができた。肉体という物質的なものをとり払って、一個の魔力のかたまりとして存在する自分。周囲の魔力と自分の魔力、その違いはほとんどないに等しい――と思った時、間近に迫った地面が見えていた。

　そのまま激突して全身が粉々に砕《くだ》かれは、しなかった。

　ダニエルの肉体は消えていた。

　どういうことだ？　と疑問に思い、やがて自分が魔力そのものになってしまったのだと理解した。そして、自分という意識のある魔力が、だんだんと薄れて周囲に溶けこみそうになっているのに気づき、焦った。

　本能で、このままでは「自分」に戻ることができなくなると思ったのだ。懸命に集中して、自己が失われるより早く、魔力となってしまった自分をもとに戻そうと努めた。

　どうやってそれができたのか謎だったが――ダニエルの体はもとどおりになった。地に両足をつき、無傷で立っていた。

「まるで夢でも見ていたようだったな、あれは」

けれど、夢ではなかった。ダニエルの目には先ほどと変わらず、魔力が視覚で認知できていた。鮮やかで豊かな色彩、生命の息吹《いぶき》のようなリズムと波動、音楽のような調べ――それらはまぶたを下ろしても明確に伝わってきた。


「魔力が視覚で――って、そんなにはっきり見えるのですか？　どんなふうに？」

「魔力を視《み》る」という言葉は存在するが、それが文字どおりにできる魔法使いは歴史書にしかいない。つまりは幻の能力《ちから》だ。多くの魔法使いは「魔力を感じる」のが限界で、アレクシスもたまに光のように魔力が視えることがあるが、それも一瞬で消えてしまう。

「どんなって言われてもな……間違えようのないほどくっきり見えるぞ。オーロラを見たことはあるか？　見え方としてたとえるならあれに近い。様々に形を変えながら動く光。魔力のほうが色も動き方ももっと多様だけどな」

残念ながら、アレクシスはオーロラを文献《ぶんけん》でしか知らない。「夜の虹」「光のカーテン」「女神の衣」といった美しい別称にこと欠かないので、とてもすばらしいものなのだろうと想像はつく。

「視えるようになったからといって、良いことばかりじゃなかったけどな。最初の頃は魔力酔いで気分が悪くなったし……だが、アイリーンと師弟契約した当初も同じような症状に悩まされていたから、どう対処すればいいかある程度はわかっていた」

それになにより、自分はなにかをつかんだのだ。そんな確信が芽生えていた。

魔力が視えるようになってから、ダニエルは訓練の仕方を変えてみた。今までは自分の少ない魔力をどれだけ正確に使うかということに尽力してきたが、今度は周囲に満ちる自然の魔力を操れないか試みたのだ。自分の魔力を周囲の魔力の波動に合わせてなじませ、自分の魔力を操作するのと一緒に動かせはしないかと。

幸い魔力が視覚で認識できるので、手応《てごた》えの有無はすぐにわかった。魔力の種類によって、動かしやすいかそうでないかも。何度も実験をくり返し、やがてダニエルはイメージどおりに魔力を動かす術を身につけていった。

「魔力を――動かす？」

「そうだ。それが、オレの使う魔法の正体だよ」

「えっ……ちょ、ちょっと待ってくださいよ」

やけにあっさりとダニエルに言われ、アレクシスは混乱していた。

「どうやって、自分以外の魔力をこちらの意に従わせるのです？　それができないから、精霊との契約や呪文・術式があるのでしょう？」

簡単な魔法なら、精霊は応えてくれる。こちらが放《ほう》ったボールを好意で投げ返してくれるようなものだ。だが、精霊に労力を強《し》いるような魔法には当然応えてもらえない。そのために契約を交わすのだ。呪文や術式は、魔法を行使する力を円滑に引き出すとともに、無駄を省《はぶ》いて精霊たちを効率的に統率する役目もある。

「魔力を『操る』んじゃない。自分が魔力に『なる』んだよ」

「？　？　？」

ますます混乱を極めるアレクシスを、ダニエルはにやにやしながら見た。

「魔法学校で教わらなかったか、優等生君？　〝魔法使いとは、真理を――〟？」

「〝――真理を知る者。真《まこと》の理《ことわり》を解する者に、世界は応えてひとつとなる〟」

魔法使いなら誰もが知っている、古くからある文句だ。

「そのとおり。その心は？」

「えーっと……」

ダニエルがなにを言わんとしているのか、冴えない思考をめぐらせた。何時間も暗い地下を歩いている疲れから、頭の回転も鈍《にぶ》くなってしまっている。

「魔法とは技能ではなく、その本質を理解することこそが大切……ということでしょうか？」

「言葉にすれば、そういうことだ。要するに理屈じゃない。お前はどうして不安定な場所でもバランスをとって立つことができる？　どうして近い物も遠い物も焦点を合わせて明確に見ることができる？」

急に問われ、アレクシスはきょとんとしながらも日頃の篤学《とくがく》の成果を発揮してすらすらと答えた。

「三半規管が体の傾きを正確に測って平衡感覚を生み出し、眼球の筋肉が収縮して水晶体の厚さを調節するからです」

「それを自分の意思でやってはいないだろ？　お前は当たり前にその便利な力を使っているってのに」

「でもそれは、能力ではなく機能ですよね？」

「頭が固いな、お坊ちゃん。勉強ばかりじゃ、真実を了知する役には立たねえぞ？」

からかうように言われ、むっとした。

「アレクシスです。……つまりブラッグさんは、魔力が魔法を起こす仕組みそのものを理解したってことですか？　それも、理論や方法ではなく――鳥が空を飛び、魚が水中を泳ぐように、自然な感覚で体得したと？」

「そういうことだ。オレに他人の魔法が効かないのは、魔法を魔力に戻しているからにすぎない。魔法は物質的なものじゃないから、分解が非常に簡単でな。蝋燭《ろうそく》の火を吹き消すよりも楽に消失させられる。逆に、物質的なものを消すのは難しい。岩や壁といった硬いものは、自分が消耗するばかりでうまく動かせたためしがない。水分が多いものは比較的扱いが容易になる。前にオレンジを消してみせただろ？　あれはオレンジを魔力という非物質に変えて、瞬時にもとのオレンジに構成し直している。消すのは難しくないが、もとに戻すには『オレンジという実体を持った魔力』を正確に覚えていないとできない。つまり、時間が経《た》つほど困難になる」

「詳《くわ》しく説明していただいても、まだ信じられません……ブラッグさんが他人の姿に変身するのも、魔力のエネルギーを変質させてやっているというのですか？　髪の毛一本一本、細胞のひとつひとつを？」

どう考えても、不可能としか思えない行為だ。それこそ、神の御業《みわざ》とでも呼ぶしかない、人知を超えたおとぎ話のなかの魔法である。

「オレがそれをできるようになったのは……きっと、あの時一度死んでいるからだ」

ダニエルは声の調子を落として、真剣に言った。

「アイリーンとともに殲滅魔法を食らった時、オレは死んだはずなんだ。肉体は間違いなく失われていた。それをおそらくアイリーンが、今のオレと同じ方法でもとに戻した。オレの体は一度物体のない魔力へと分解され、そして『ダニエル・ブラッグという物体をした魔力』に再構成された。でなければ、こんなに簡単に自分を魔力に変えたり戻したりできるはずがない」

ダニエルは不意に口もとをゆるめ、ふっと息だけで笑った。

「それに、アイリーンが亡くなってからずっと、オレは彼女の魔力を近くに感じていた。もう失って、魔法が使えなくなったにもかかわらずだ。『アイリーンという名の魔力』は、いつもそばにいた。だからそれを正確に真似《まね》て、彼女の姿に魔力を変化させることができたんだ」

「それって……」アレクシスは考えた。

「ブラッグさんに、アイリーンさんの霊が憑《つ》いているってことですか？」

ダニエルはあきれ顔をこちらに向けた。

「身《み》も蓋《ふた》もない言い方するなよ、ロマンを解さない奴だな」

「はあ、すみません」

（つまり……）

アレクシスは、今度は心のなかだけで思った。

（アイリーンさんは、みずからの命にかえて弟子を守り、そして亡くなってからもずっと、そばで見守ってくれているのだろうか）

しかし、人は死んだら魔力になる（？）のだろうか？

霊魂は存在するのか？　死者と意思の疎通《そつう》はできるのか？　謎だらけである。

だが、口に出して問えばまた情緒がないと文句を言われそうなので、大人しく黙っていることにした。

「そんなわけでオレは新しい魔法を手に入れた。魔法の無効化と、肉体の変容。特に前者は、魔法使いにとっては脅威だからな。実際には弱点もあるんだが、優秀な魔法使いほどそれには気づかない。テロリストどもはみんな怖がってくれてるよ。オレは無事に職場復帰を果たし、色々あって現在に至るわけだ」

「いきなり大幅にはしょりましたね」

「もういいだろ。できれば夜になる前に水脈までたどり着きたい。足場も悪くなってきたし、しばらくは歩くことに専念するぞ」

ダニエルの言うとおり、そこから先は道行きに少々手間どることになった。

坑《あな》が極端に細くなって壁を砕かなければ通れなかったり、地面を這《は》って進まなければならなかったり。硬い岩壁に挟まれる圧迫感はたとえ閉所恐怖症でなくとも気分のいいものではないし、体がはまって出られなくなるのではないかと冷や冷やした。

道が途切れ、絶壁の崖を伝い下りることもあった。ダニエルがロープを持っていたのでアレクシスもなんとかついて行くことができたが（ちなみにダニエル自身は命綱もつけずに素手で下りていった）、二度とやりたくないと思うような体験だった。ニクス山麓《さんろく》でも崖を下ったが、あの時はまだ下り坂と呼べる傾斜だったし、なにより明るくて周囲がよく見渡せた。底の見えない深い闇を何十メートルも下りていくのは、想像以上に恐怖が煽《あお》られる行為だった。

やがて洞窟の雰囲気が変わり、氷柱《つらら》のようにとがった鍾乳石《しょうにゅうせき》が増えていった。空気もどんどんひんやりとしてきて、温度調節機能搭載《とうさい》のロープのフードをかぶっていないと頭が寒く感じるほどだ。

（水の気配がする……）

水の精霊が活発になる様子が伝わってきた。まるで近くに川が流れているかのように。それはアレクシスの気のせいではなく、先へ進むほど鍾乳石から水が滴《したた》り落《お》ち、足もとが濡れてすべるようになった。そして聞き間違えようもないくらいはっきりと、水の流れる音が聞こえてきた。

「川だ……」

やがて、眼前にそうとしか呼べない光景が現れた。真《ま》っ暗《くら》な地下深くに、透きとおった小川が流れている。水精霊《ウンディーネ》の力強いエネルギーが感じられることから、非常にきれいな水だというのがうかがえる。

「山の雪解け水が浸透《しんとう》してできた地下水脈だ。水を飲むのはいいが、温めてからにしろよ。凍《こご》えちまう」

「言われなくてもわかりますよ。というか、ここにいるだけですでに寒いです！」

「お前、高原地帯《寒い土地》の出身だって言ってなかったか？　この先道がなくなったら、この川に潜るんだぞ」

アレクシスの引きつった表情を見て、ダニエルは片眉を上げた。

「カナヅチか？」

「いえ……」

アレクシスは疲れを隠す気力もなく答えた。

「大丈夫です。子供の頃はよく湖で泳いでいましたから。潜水も得意です」

ただ、それを闇のなか、身を切るような冷水でやりたくないだけだ。魔法である程度体をあたため保護できるとはいえ、危険なことに変わりはない。

アレクシスのくたびれた様子に、ダニエルは少し笑って言った。

「ま、その可能性は明日の楽しみにとっておこう。水脈も見つけたことだし、今日はもう休むぞ」

食事は携帯食料（昨日ダニエルが魔法捜査局東支局で盗んできたものだ……）のみなので、すぐに済んだ。空腹が満たされるとアレクシスは眠くなってしまったが、ダニエルは依然しゃっきりとしていて柔軟体操をきびきびと行っている。どこにそんな体力があるのだろうか。

「寝る前に、お前も筋肉をほぐしとけよ。明日がつらくなるからな」

「はい……」

アレクシスはあくび混じりに返事をし、むにゃむにゃと船を漕《こ》ぎそうになりながらストレッチをした。今日は生き埋めになりかけたので、全身が埃《ほこり》っぽくて仕方がない。

（ああ、あたたかい湯を浴びて、やわらかいベッドで横になりたい……）

去年までこの時期は、父の家がある西海岸の町ですごしていたのだ。

空と海は息を呑むような青さで、夏の太陽の輝きは楽園のよう。たくさんの小型船が停泊している港の景色は美しく、庶民の食卓にも新鮮な海の幸《さち》が並ぶ。

温厚な父はいつ会ってもおだやかで、幼い弟妹《ていまい》トムとスージーは無邪気でかわいらしい。父の妻であるリネットは、血のつながらないアレクシスにも家族と同じ愛情を向けてくれる。まさに、絵に描いたような幸せな夏休みだ。それが今年は、こんなどこの地の底とも知れないところで寒さに耐え忍んでいるとは。

魔法学校のローブと教会で借りたローブ、そのふたつにくるまり地面に横になった。なるべく平らな場所を選んだつもりだが、ごつごつした硬い感触はどうしようもない。寝心《ねごこ》地《ち》の悪さにもかかわらず、今日の疲れが急速に睡魔を運んできた。なにしろ、長い一日だった。

重いまぶたを一度だけ持ち上げて、ダニエルの様子を確かめた。数メートル先、小川の流れを眺めるように座っている。その横顔は少女の姿の時と同じくらい落ちついていて、微動だにしない。

（ああ、そうか……瞑想をしているのか）

今も日課にしているのだ。いつでも、優秀な魔法使いであり続けるために……。

眠気にあらがえず、ついにまぶたを下ろした。

（ブラッグさんは、どれほどこんな過酷な時をすごしてきたのだろう……）

いつ終わるともしれない戦い、危険ととなり合わせの任務。毎日安全な家に帰って大切な人と笑い合う、そんな当たり前の幸せとはかけ離れた日常。

（どうしてそれを、続けることができるのだろう……）

やがて冷たい水のせせらぎが遠くに聞こえ、アレクシスは静かな眠りに落ちた。

＊

翌朝目を覚ましたアレクシスは、当然ながら朝の空気を実感することはできなかった。光精霊《ウィルオウィスプ》の明かりを点《つ》けなければ、なにひとつ認識できない暗闇なのだ。まったく、太陽の光を浴びられないことがここまで気の滅入《めい》ることだったとは。

「顔色が悪いな。大丈夫か？」

昨日と同じ、男性姿のままのダニエルが言った。いつもと変わらぬ調子で健康そうだ。

「顔が青白いのはもとからです。なにせ、俺は冷え性のペーケン体質ですからね」

アレクシスは少々皮肉っぽく言った。ニクス山麓をあとにしてから、カンチェン医学の苦い丸薬を律儀に服用し続けているのだ。心身ともにストレス過多が続いているため、効果のほどはいまいちわからないが。

（体も痛いし、力が出ない……）

アレクシスは伸びをして立ち上がると、地下の小川で顔を洗った。真冬の水のような冷たさに、一気に眠気が吹き飛んだ。

一日の始まりだというのに、すでに疲れ切っている。

正直にいえばもう歩きたくないし、闇のなかですごすのにもうんざりしていたが、弱音は吐かないと決めていた。お荷物だとは思われたくないし、ダニエルがアレクシスを危険に巻きこんだと気に病んでいるのも知っている。

それに、自分にだってプライドはある。痩《や》せ我慢だろうがなんだろうが、地上に出られるまでは意地でも平気なふりを――どうせダニエルにはお見通しなのだとしても――してみせるつもりだった。

そして良い面を見ようと心がければ、そう悪いことばかりでもない。携帯食料はまだ二日分あるし、空腹に悩まされずにいるというのはありがたいことだ。地下水脈に潜って泳ぐという事態にも陥らず、浅瀬を向こう岸まで渡る程度で済んでいた。

「聞いてもいいですか」

朝から歩いて四時間ほど経った頃、いい加減黙っているのにも退屈したアレクシスは言った。

「なんだ」

「昨日のお話の続きです。新しい魔法――というか、魔力の使い方を会得《えとく》したあと、復職することに迷いはなかったのですか？」

「まあな」

「理由をおうかがいしても？」

ダニエルは、しばし考えるように沈黙した。

「そうだな。あの時は職務に対する想いというより、ただ仲間のもとへ戻りたかった。仕事を離れて初めて実感したが、捜査局のチームというのはオレにとって大切な仲間であり、居場所だった」

それを聞いてアレクシスは、どうも腑《ふ》に落ちないものを感じた。

「でも、やっかみで嫌味を言うような人たちだったのですよね？」

「すべてがそんな奴なわけじゃないさ。喬木《きょうぼく》は風に折らる。できる奴が妬まれるのは必然だ。だが危険な任務では、互いに信頼がなければ成功は望めない。文字どおり、仲間に自分の命を預け、自分も仲間の命を預かる」

確かに、死ととなり合わせの現場にいれば、おのずと結束力は強まるものなのだろう。

「それだけでなく」

ダニエルはひとつため息をついてから言った。

「あまり聞かせたくはないけどな……時に人の命を奪わなくてはならない仕事ってのは、特殊だ。人を殺した感覚というものは、一生忘れられない。それは、永遠に自分について回る闇のようなものだ。みな、虚しさや孤独を感じている。そんな思いが理解できるのは、同じ境遇にいる者同士しかいない」

アレクシスの脳裏に、様々な場面が呼び起こされた。リビー・ラム捜査官が殺された瞬間、マーシー・ヘザーが狂気的に笑いながらダニエルを殺そうとした様子、ヘザーを捕らえ、冷たい顔で彼女を見据えていたダニエル——

「そんな仕事を続けていれば、自然とチームは家族のようなものになるんだ。離職すれば、その絆《きずな》もすべて失う」

そして当時十四歳だったダニエルには、それ以外のどこにも、迎えてくれる家庭はなかったのだ。

それは、どれほどの孤独なのだろう。どうして、苦しみを分かち合うなどという悲しい理由で仲間とつながっていなくてはならないのだろう。人々の幸せを守るために働く魔法捜査官が、なぜその幸せとはほど遠い苦しみを背負わなくてはならないのだろう。

「それなのに……どうして、捜査官を辞めてしまったのですか？」

「んー……」ダニエルは生返事をする。「まあ理由は色々だな」

「なにか、言えない事情でも？」

遠慮がちに聞くアレクシスに、ダニエルは「いや？」と答え、ひょうひょうとした調子で言った。

「同じ部署内の人間は、職場恋愛禁止なんだよな。それを無視し続けて二桁《ふたけた》の数の同僚と親密な関係を持った結果、クビになったんだよ」

「………………」

アレクシスの表情を見て、ダニエルは半眼になった。

「言っておくが、どれも互いの合意の上で成り立ったまともな関係だぞ。浮気《うわき》や二股をしたことは一度もない」

「そういう問題じゃないです……」

アレクシスは頭痛をこらえるかのように額《ひたい》に手をやった。

「大体なんですか、仕事とプライベートは分けて、よそで恋愛すればいいじゃないですか！」

「余計なお世話だ」

ダニエルはうっとうしそうな顔をした。

「仕方ねえんだよ。その場限りの関係ならともかく、信頼できて自分の身を守れる奴でないと、長く付き合う相手には選べない。魔法捜査官の身内がテロリストの標的になる危険は避けられないし、そもそも近づいてくる相手が間者《スパイ》だっていう可能性もある。職場恋愛が一番安全なんだ」

アレクシスは口をつぐみ、沈黙が流れた。洞窟内にはふたりの足音と、鍾乳石から滴り落ちる水音が反響している。しばらくして、また声を発した。

「どうして、退職したのに今も同じような仕事を続けているのですか」

「質問が多いな」

ダニエルは辟易《へきえき》したように言ったが、結局は答えてくれた。

「別に情報部の仕事がいやになって辞めたわけじゃない。オレはもともと、集団組織のなかにいるよりも単独で動くほうが性《しょう》に合ってる。だからフリーランスで依頼を請《う》けることにした」

「違う仕事に就こうと思ったことはなかったのですか？」

「ないな」

やけにきっぱりとした答えが返ってくる。アレクシスがさらに問いを重ねようとしたところ、ダニエルが先に言った。

「お前はどうなんだ？」

「俺？」

「来年には卒業なんだろ。進路は考えてるのか？」

聞かれて、言葉に詰まった。

「まだ、決めかねていて……」

「実家に戻るんじゃないのか？」

「いずれはそうする予定ですけれど……正直、今はまだ考えたくないですね。母は若いので当分は領主としての手腕をふるうつもりでしょうし、俺もまずは魔法使いとしての経験を積むようにと言われています。でも、なかなかこれと思う職種を選べなくて……」

このことを口にするのは、少々情けない思いがする。優柔不断なのはわかっているが、子供の頃から取捨選択が苦手なのだ。

「ごちゃごちゃ考えすぎてるんだろ」

ばっさり斬るように言われ、アレクシスは喉の奥でうめくような音をもらした。ダニエルが小さく笑う。

「お前は面倒な奴だからな。先々のことや、周囲の期待、自分の立場なんかをあれこれ考えちまうんだろ。そんなんで決断できるわけがねえのさ」

アレクシスははっとしてダニエルを見た。

そうか。そんなこと、思いも及《およ》ばなかった。

「……ですが、そういうことを考えずに決めるのは難しいですよ」

「別に悪いとは言っちゃいない。まあ、持つものが多い人間っていうのは、それだけしがらみも増えてわずらわされるもんなんだろ。ご苦労なこった」

アレクシスはため息をついた。

「俺が勝手に悩んでいるだけなので、わずらわされているとは思いたくないですね。恵まれた環境にいるという自覚はありますし」

「なにが『恵まれている』かなんて、分類はないだろ」

おだやかに言われ、アレクシスは驚いた。

「世のなかには……貧困に苦しむ人や、暴力の犠牲になる人もたくさんいるじゃないですか」

ダニエルこそ、それを実際に目の当たりにしてきただろうに。

「そんな現実があるのに、自分が恵まれていないなんてことは言えませんよ」

ダニエルは淡々と言った。

「幸か不幸か、恵まれているかそうでないかは、自分自身が決めることじゃないのか？　他人の人生と比較して優劣がつくようなものじゃないだろ」

ダニエルの声に非難するような響きはない。けれども、アレクシスはまるで叱られたかのように気落ちした。

「……確かに、驕《おご》った発言だったかもしれません。考えが足りませんでした……」

「お前はほんっとーに面倒くさい奴だな」

本当に面倒くさそうに言われたので、アレクシスはますます落ちこんだ。

しかし、次いでダニエルが語った言葉に顔を上げた。

「お前の言うとおり、この世界には理不尽な目に遭っている人間が大勢いる。だがな、貧困や暴力に苦しめられている人間がすべて等しいわけじゃない。同じ紛争地域に生まれ育った者でも、武器を手にして強盗や殺人に走る者もいれば、働いて学を身につけ平和的に現状を変えようと努力する者もいる。金持ちや権力者だってそうだろ？　傲慢《ごうまん》で同情心に欠ける者もいれば、不平等な格差を改善するべきだと社会に働きかける者もいる。肝心なのは、境遇の差じゃなく当人の生き方だろ」

ダニエルは肩越しにこちらを見ると、わずかに目を細めて言った。

「オレには、お前がそういう心がけのできる奴に思えるがな」

アレクシスは胸を打たれて、すぐにはなにも言うことができなかった。ダニエルのほうはさっさと前方に向き直ってしまう。

（この人は……）

どうして、こんなものの見方ができるのだろう。過酷な任務に身を投じる日々を送っていれば、もっと——誰かを責めたり、憎んだりしてもおかしくないはずなのに。

アレクシスにとって、自分の身の上を妬まれ非難されるようなことはもはや慣れっこだった。こんなことを言ってもらったのは生まれて初めてだ。

ダニエルから見たら、自分なんてぬるま湯につかって生きているようなものだろうに……。

アレクシスは、前を歩くダニエルの背中をしみじみとした気分で見つめた。

「ブラッグさんは、迷ったり悩んだりした時、どうやって答えを出すのですか？」

「そもそも、お前みたいにぐだぐだ悩んだりしねえよ。オレはなににも縛られていないからな。無責任には定評がある」

どうやら、アレクシスに助言をしてやろうという親切心はなさそうである。少々がっかりして言った。

「……無賃乗車とか、窃盗とか、社会のルールを色々と破っていますしね？」

ダニエルはにやっとした。

「そのとおり。捜査官時代は星の数ほど規約違反をしてやったが、始末書の提出すら放棄していたからな」

「クビになるのもわかる気がします……」

アレクシスは肩を落として言った。

そんなふうに時おり会話をしながら、ひたすら真夜中のような闇の洞窟を歩き続けた。

黙っていると愚痴《ぐち》のひとつでもこぼしてしまいそうなので、アレクシスはたびたびダニエルに質問を浴びせた。ダニエルは面倒そうにしつつも、大抵のことには答えてくれた。

だが、やはり根掘り葉掘り聞かれるのはいやなのか、途中からダニエルはこちらに水を向け、アレクシスに自分のことをしゃべらせた。おかげでアレクシスは学校や家族や友人について、ほとんどすべてのこと――自分が名家スワールベリーの出身で、英雄アレクサンダーの曽《ひ》孫《まご》であることは除いて――を話してしまった。

アレクシスは自分の裁縫の腕が学生寮のあいだで評判になり、繕《つくろ》い物《もの》を頼まれすぎて勉強の妨《さまた》げになるほどだったので断るようにしたら、謝礼を払うからやって欲しいとまで言われてちょっとした小遣い稼ぎになってしまったエピソードを披露《ひろう》しながら、なぜ自分はこんなどうでもいいことまで話しているのだろうといぶかった。本当は、もっと実のある話をしたいのだが……しかし、アレクシスが聞きたいようなことは、おそらくダニエルが話したくないことなのだ。

そしてダニエルが存外に聞き上手《じょうず》なので、ついついうながされるままにどうでもいい話題に終始してしまった。まあ、ダニエルは意外にもアレクシスのよもやま話を楽しんでいるようだったが。

地下道を歩き始めて二日目の午後四時頃、洞窟内の景色が変わってきた。低かった天井が高くなり、とがった石筍《せきじゅん》の数が減りつつある。やがて、前方に小さな明かりが見えた。洞窟の終わりではない。頭上から光が差しこんでいるのだ。

「太陽の光だ……」

見上げて、アレクシスは感動の息をついた。ただ日光を浴びられるということが、こんなにも嬉しいものだとは。とはいえ、明かりはずいぶんと弱く、うっすらとしていた。天井に空《あ》いた穴までかなりの距離があるせいだ。

「さすがに、あそこまでは登れないな」

ダニエルが頭上を見上げて言った。

「梯子《はしご》代わりに、魔法で大樹を生やしてみましょうか？　この環境なら地下水もありますし、かなりの樹高まで生育させられると思います」

「いや、距離がありすぎる。そんなでかい樹を創《つく》っちまったら足もとや壁が崩れる危険がある。どこで察知されるかもわからないし、なるべく大きな魔法の使用は避けたい。もっと安全なルートが望ましいな」

「この先にも、出口はありそうですしね」

アレクシスは暗闇の前方を示して言った。ポツポツと、同じような光の輪が地面にできているのが見える。天井にたくさんの穴が空いているのは間違いない。

「だな。もう少し確実な出口を探そう」

そうして、ふたりはもうしばらく洞窟内を歩き続けることにした。

思ったよりも早くこの地下道探検から解放されそうで、アレクシスは気力が湧いてくるのを感じた。当然明日も地下を歩き続けるだろうと覚悟していたので、嬉しい誤算だ。疲れ切った足の痛みも軽くなってくる。

しかし喜ぶ一方で、この道行きが終わってしまうのを残念に思ってもいた。ダニエルとすごす時間も、あとわずかなのだろう。

アレクシスは、無理を言ってこの先もダニエルの任務について行く気はなかった。たったひとりで敵地に乗りこむダニエルのことは心配だし、過激派組織デウム・アドウェルサのテロ計画が阻止できなかったらどうなってしまうのかという不安もある。少しでも自分にできることはないだろうかと、力になりたいとも思っている。

けれども、軽々しく首を突っこんでいい問題ではないのもわかっていた。ダニエルがアレクシスの力を必要だと言ってくれれば話は別だが――そんなことは、きっとあり得ない。ダニエルがアレクシスを危険に巻きこみたくないのは自明で、アレクシスも――あんなふうにリビー・ラム捜査官が殺されたのを見て、気安く手伝わせて欲しいなどとは言えなかった。ダニエルに負担をかけないためにも、自分は大人しく安全な場所へ退避すべきなのだ。

ダニエルの背中を見ながら、アレクシスは思った。

（この人は、多くの人の命を救うために、自分の命をかけて戦おうとしている……）

もしかしたら、ダニエルは命を落としてしまうかもしれない。その可能性を思うと、胸がきりきりと痛んだ。

（今のうちに、ブラッグさんと話しておきたいことはないだろうか。こうしていられるあいだに、なにか……）

しかし、なにも重要なことは思いつかないまま——考えてみると、どんな話も些末《さまつ》に思えてしまう——ただ時間だけがすぎてしまった。

そしてアレクシスは、すぐに自分が甘かったことを思い知るはめになった。のんきに感傷的になっている場合ではなくなったのである。

「この川に飛びこむんですか？　本当に？」

アレクシスの示した地下の川は、流れこそゆるやかだが深さはかなりのもので、どんなに光精霊《ウイルオウイスプ》の光で照らしても底が見えない。そして流れの行く先は低くなった天井が水面と接していて、顔を出して空気を吸うことができなくなっているのだ。

三十分ほど歩いたが、結局登って出られそうな縦穴は見つからなかった。代わりにダニエルは、地下水脈に潜って外に出ようと提案したのである。

「ああ。このあたりは湖がいくつも点在している土地だ。それらは水源を同じくしていて、底がつながっている。たどっていけば湖面へ出られるはずだ。日のあるうちに済ませたいから、行くなら今しかない。お前、魔法でどれくらい酸素を持たせられる？」

「じっとしていれば、二十分くらいでしょうか……でも、暗い水中を泳ぎながらじゃ、きっと半分が限度ですよ」

「んー……まあそんくらいあれば大丈夫だろ」

「なんですかその適当な予想はっ!? 水中で迷子《まいご》になったらどうするんですかっ？」

「騒ぐなよ。オレが先導するから安心してついて来い」

ダニエルはさっさと準備体操を始めている。アレクシスはただただ不安で青ざめていた。

「服は全部鞄《かばん》にしまえるか？ 荷物はオレが持ってやるよ」

そう言って、ダニエルは瞬時に黒髪の少女の姿に変身した。

「なぜその姿になるんです!?」

アレクシスはぎょっとして、思わず後方に飛びのく。「だっ！」天井から突き出た鍾乳石に頭をぶつけた。

ダニエルは久しぶりに聞くアルトの声で淡々と言った。

「ちょっとした気合いだ。服は脱がないから安心しろ。お前は早く脱げ」

えええぇ——……と、内心で不満の声を上げながら、仕方なく下着一枚になって身につけていた服をすべて学生鞄に押しこんだ。鞄には圧縮魔法搭載《とうさい》なので収納には問題ない。靴だけはどうしようもなかったが、左右一組を靴紐《くつひも》で結びつけてダニエルが持っていくと言ってくれた。ダニエルは自分のトランクとアレクシスの鞄も持っているのだが、平気なのだろうか。

パンツ一丁で寒さに震えつつ、アレクシスは呪文を唱《とな》えた。防寒・防護魔法に、目印用の光精霊《ウィルオウィスプ》の光の玉を複数。酸素確保のための魔法はギリギリまで発動しないでおく。

地下の川に飛びこむ準備が整うと、ダニエルが聞いてきた。

「水に潜る前に、なにか言っておきたいことはないか？」

その真面目《まじめ》な口調に、アレクシスの不安は増大する。

「えっ……遺言《ゆいごん》でも残しておいたほうがいいってことですか」

ダニエルは心底あきれたといった顔をした。

「ちげーよ。心配ごとがあるなら先に言っとけって意味だ。水恐怖症とかそういうことがあるのなら、隠さず話せ」

「ああ……」

水は別に怖くない。暗いところで女性と一緒にいる状況が苦手といえばそうだが……。

「大丈夫です。酸素切れの心配はしていますけど、それ以外で怖いと思うことはありません」

ダニエルはアレクシスの言葉に嘘《うそ》がないか見抜こうとするように、じっと紫水晶《アメシスト》の瞳でこちらを見据えてくる。

以前はこの視線の強さに圧倒されたものだが、なぜだか今は口もとに笑みが上ってきた。なんだかんだで、ダニエルはいつもこうやってアレクシスを心配してくれている。少々気遣いすぎるくらいに。きっとダニエルが自分で思うほどにはその優しさを隠せていないのが、なんだかおかしくなってしまったのだ。

「大丈夫です。行きましょう、ブラッグさん」

アレクシスは笑顔でそう言うと、風の精霊の名を呼んで空気をいっぱいに集めた。

第八章

護りたいもの

「お前がそういう考えをする奴だってことは、わかってたよ」

THE ROAD TO WIZARD

まぶたに光が当たっている。

夏とは思えない凍えるような空気《ここ》のなか、アレクシスは目を開けた。眼前に広がるのは、山脈の向こうから昇るまぶしい朝日。地平線に広がった雲海を美しい色合いに染めながら、神々《こうごう》しい光を放っている。

「まだ眠っていていいぞ」

声にふり向くと、黒髪の少女の姿をしたダニエルが少し離れたところに座っていた。

「こんな景色を見ないでいるなんて、もったいないですよ」

言いながら、アレクシスは体を起こす。ポケットに入れたままの懐中時計――時差を自動で修正する魔法がかけられている――を見ると、まだ五時半だった。

昨日、地下水脈をたどって潜水をし、酸素切れで危うく溺《おぼ》れそうになりながらもなんとか湖の水面に浮上することができた。

さらに岸辺まで泳いだことで体力を使い果たし気息奄々《きそくえんえん》といった状態のアレクシスだったが、なにより太陽の下に出られたことが嬉《うれ》しくてたまらなかった。結局二時間ちょっとで日没になってしまったが、久しぶりに夏の日差しを浴びることができた。その後は湖の魚を獲《と》って食べ、山あいを移動しながら休める場所を探し出して野宿をしたのだった。

アレクシスは鮮やかな輝きに目を細めながらも、真っすぐに太陽を見つめ続けた。なんとすばらしい光景なのだろう。

「どこの国で見ようと、日の出の美しさは変わらないな」

ダニエルが感慨《かんがい》にふけった様子で言った。そんなにあちこちの国で日の出を見たことがあるのだろうか？

「ここは、東方クータスタ国になるのですよね？」

アレクシスはあくびをこらえながら言った。

「そうだ。マグナニクス山脈の端っこだな。五百キロほど南下すれば、首都のプンダリーカに着く」

「ごひゃく……」

アレクシスは呆然《ぼうぜん》とした。

今のは聞かなかったことにして、もう一度横になって寝てはダメだろうか。

「山を下りれば集落があるし、足を調達する方法はいくらでもあるさ」

「そうか、この国では転移魔法陣もないのですよね……」

「オムニス人のお偉方は使っているだろうけどな。どっちにしろ、なるべく目立たずに動きたいから魔法での移動はなしだ」

東方《オリエンス》の国であるこの地では、魔法が使われていない。

東方では魔法の文化がなく、魔法使いもいないのだ。クータスタに侵略し、植民地化したオムニス帝国の移住者以外には……。

オムニス帝国統治領クータスタ国。かつては王族が支配する大国だったが、民族紛争が絶えず長い内戦の歴史があった。それをオムニス帝国が「戦争から人々を救済し保護する」という名目で侵攻・制圧した。

クータスタ王家はオムニスに従属することを条件に国内の自治権を認められているが、実質的な権力はオムニスから派遣された駐在官がにぎっているという。

(確か「クータスタ」とは、現地の言葉で「不変」を意味するはずだけど……)

その名に反して他国の支配下に置かれることになってしまったとは、いたましい話だ。

簡単に朝食を済ませると、人里を目指して出発した。夏の山中は美しく、朝は気温も涼しく快適だ。幸運にも熊などの危険な獣《けもの》に遭遇することもなく、アレクシスは自然の息吹《いぶき》を感じながら心地よく歩いた。魔法のない国であっても精霊の気配は色濃く、力が湧いてくる。

昼前には街道に出て、ぽつぽつと人の姿を見かけるようになった。みな痩《や》せて薄汚れた衣服を着ていることから、ひと目で暮らしぶりがうかがえる。

太陽が高くなるにしたがい、ジリジリとした熱が体に突き刺さるようになってきた。クータスタ国は東方《オリエンス》の国の南端にあたる。それを文字どおり肌で感じながら、アレクシスは魔法学校のローブのフードで日差しを避《さ》けつつ息をついた。何度か訪れたことのあるオムニス帝国も夏はとんでもなく暑いのだが、じっとりとまとわりつくような湿気には驚いてしまう。これが東方特有の気候なのか。

そのうちに行き交う人の数も増え、やがて荷馬車に乗った行商人らしき男性を見つけた。ダニエルが交渉し、アルブム教の巡礼服と引きかえに乗せてもらえることになった。この国は熱心なシューニャ教圏《けん》のはずだが、いいのだろうか？　と疑問を持ったが、貧しい人にとっては服や布地も貴重で、出所《でどころ》に関心はないのだろう。

少女の姿のダニエルがひょいと馬車の荷台に飛び乗り、進行方向に背を向ける格好で腰を落ちつけた。荷が積まれているのでせまく、アレクシスもダニエルのすぐとなりに座らなければ乗れない。たちまち落ちつかない気分になったが、仕方がない。あんまり端に寄ると馬車から落っこちてしまう。

「クータスタでは西方語が通じるのですね」

アレクシスは慎重な動作で荷台の後ろに腰かけながら言った。高さがないので、足先が地面にくっつきそうである。

「植民地化して四十年経《た》つからな。オムニス人と渡り合うためにも、西方語の習得は必須だろ」

「そうですよね……」

馬車の持ち主はとても学があるようには見えなかったが、西方語を流暢《りゅうちょう》に——なまりがひどくとも——しゃべっていた。生きるために必要だから、学校に行けずとも懸命に覚えたに違いない。

ダニエルは横目でアレクシスを見ると、釘《くぎ》を刺すように言った。

「おい。感傷的になるのは勝手だけどな、自分がぼられないように気をつけろよ。同情してもだましとられて逆に痛い目みることもあるんだからな」

「あー、はい。それは経験済みです……」

アレクシスはちょっと遠い目をして言った。

魔法学校に入学したばかりの頃、初めて行ったソルフォンスの繁華街で見事にやられたことがある。富裕層の人間だとわかれば、こちらが子供でも容赦《ようしゃ》してはくれないのだと学ばされたものだ。

「それに、今はとられるほど持っていません。そもそも、西方通貨は使えるのですか？」

「硬貨ならな。今年発行されたばかりの紙幣《しへい》は普及していない。オレも旅の資金はさほど残っていないから、プンダリーカに着いたら稼がないとな」

「稼ぐって、どうやって？」

ガタン、と荷台が激しく揺れて、危うく地面にふり落とされそうになった。

「手っとり早く手に入れるには、賭場《とば》だな。オレは他人《ひと》の魔力《オーラ》を視《み》てある程度感情が読めるから、ポーカーの類《たぐ》いは負けることがない。イカサマも得意だ。だがよそ者は警戒されるし、目立つ真似《まね》はできないとなると、一ヶ所で荒稼ぎするわけにもいかないからあちこちで地道にやらなきゃならねえし……」

「ちょ、ちょっと待ってください」

ガタゴトと車輪が音を立てるなか、アレクシスはあわててさえぎった。ああ、道が悪いせいで早くも尻が痛くなってきた。

「なんだよ、優等生。博打《ばくち》なんかするなって説教か？」

「いや、だって、そんな危ない橋を渡らなくても、もっとちゃんとした機関に力を借りるとかできないのですか？　人命に関わる重大な任務じゃないですか」

「政府機関は頼れない。長い時間をかけて綿密《めんみつ》に練った作戦が、内通者の疑いで破綻《はたん》したんだからな。誰が敵で、どこに監視の目があるかもわからないだろ」

「でも、せめてエリシウム人として大使館に匿《かくま》ってもらうとか……」

「入国許可証も持ってないのにか？　強制送還されるのがオチだぞ」

「そうでした……」

自分たちは密入国者なのだ。ああ、この夏休みでまたひとつ法律を破ってしまったのか……。

「お前だけなら大使館に行くのもアリだけどな。だが、連中がその情報を嗅《か》ぎつけないとも限らない。安全な潜伏先を見つけてじっとしているのが一番だ。首都に着いたらお前が隠れていられるような場所を探してやるから、安心しろ」

ダニエルは軽い調子で余裕のある笑みを見せたが、アレクシスは心配になった。

ダニエルは件《くだん》の平和式典に潜入する方法や、テロに使われる危険な大量破壊兵器をどうやって処分するかを考えなくてはならないのだ。それも、人の命を奪うことをためらわない過激派組織を相手に、たったひとりで遂行《すいこう》しようとしている。相応の準備が必要だろうし、時間は少しだって無駄にしたくはないだろう。アレクシスのことにかまっているひまはないはずだ。

「提案《ていあん》があります」

できればこの手段は使いたくなかったが――もうそんなことを言っている場合ではない。

「多分ですけれど、ブラッグさんのお役に立てると思います。安全に隠れられて、食事や寝床も提供してもらえる場所が、プンダリーカにあります。お金も快《こころよ》く貸してくれるでしょう」

ダニエルはひょいと片眉を上げた。

「知り合いでもいるのか？」

「ええ」

アレクシスはふうっと息をついて言った。

「母が彼の得意客なので……。フェルディナンド・ヴィスコンティ。世界各地に支社をかまえる、オムニス帝国出身の大商人です」

＊

クータスタ国の首都プンダリーカ。その昔、砂漠を越えてたどり着いたオムニス人がこの地を砂漠の花《ワステイタス・フロス》と称した花の都だ。

植民地化にともない、かつて王侯貴族が住んでいた邸宅や別荘の多くは売却され、そのひとつをフェルディナンド・ヴィスコンティが買いとっていた。宮殿と見まごう豪奢《ごうしゃ》な屋敷と広大な敷地は、城館で生まれ育ったアレクシスでさえも驚嘆する規模である。

「これは、これは！　ようこそ、アレクシス様！　なんとご立派になられて！」

フェルディナンド・ヴィスコンティは大きな声と大げさな身ぶりで出迎えると、その太い腕でぎゅうぎゅうとアレクシスを抱きしめた。芝居がかっているようにも見えるが、これがこの人の標準なのだ。

「お久しぶりです、ヴィスコンティ卿《きょう》……」

アレクシスは窒息《ちっそく》しそうになりつつも、自分も彼の背中に腕を回して抱き返した。オムニス流の挨拶は得意ではないのだが、母に「心のこもらない抱擁《ハグ》は失礼にあたるから、絶対にぎゅっと抱きしめること！」と教えられたので気をつけるようにしている。

「どうぞ、フェルディナンドとお呼びください。もちろんファーディナンドでも、あなた様が呼びやすいように」

〝ファーディナンド〟はエリシウム風の発音だ。アレクシスは微笑《ほほえ》んだ。

「では、フェルディナンド。お元気そうで嬉しく思います。正直、小さかった私のことは覚えておられないのではないかと思っておりましたので、安心いたしました」

「まさか、まさか！　あんなに利発でかわいらしかったお坊ちゃまを忘れるはずがありませんとも。しかし本当にご立派に成長なされたので、びっくりして寿命が八十年延びましたよ」

フェルディナンドの冗談にアレクシスは声を上げて笑った。彼とは長いこと会っていなかったのだが、陽気で気さくな人柄は変わっていないようだ。

フェルディナンド・ヴィスコンティは五十半《なか》ばをすぎているはずだが、張りのある声と健康的に日焼けした肌は若々しく見える。身長はアレクシスのあごほどまでしかないが、体格はがっしりとしていてたくましく、おまけにほどよく太っていた。恰幅《かっぷく》のいい男性というのはお金持ちに違いないので、女性にモテるのだ。ちなみに、上背《うわぜい》はあってもひょろりと痩せて生白いアレクシスはまるでモテない容姿である。

「ところでアレクシス様、そちらの方は？」

フェルディナンドはアレクシスの背後に目を向けて言った。ローブのフードをすっぽりかぶった人物が少し距離を置いて立っている。アレクシスは少々緊張気味に口を開いた。

「ご紹介が遅れました、こちらは……」

　その人物は前に進み出ると、フードを下ろして顔を見せた。漆黒《しっこく》の長い巻き毛がふわりと流れ落ち、小麦色の肌があらわになる。右目の下には泣きボクロ。たれ目がちの紫の瞳《ひとみ》が魅力的な笑みを浮かべた。三十歳ほどに見える、背の高い美しい女性だ。

「初めまして、ミリアムと申します。慣れない土地で難儀していたところを助けていただきました」

　艶《つや》のある声を聞きながら、アレクシスはおや、と思った。発音がオムニスなまりの西方語だ。

「これはなんと、麗《うるわ》しいお方だ。クータスタには着いたばかりなのですかな？」

　フェルディナンドの言葉に、ミリアムと名乗った女性は悲しげに目を伏せた。

「ええ……実は、この国には新婚旅行で来ていたのです。ですが運悪く強盗に遭い、夫ともけんか別れをしてしまって……見知らぬ地でひとり放り出され、どうしようもなく……」

　横で聞いていたアレクシスは危うく咳《せ》きこみそうになった。一体どんな設定だ。

「なんとお気の毒に！　大変な目に遭われましたな！」

「はい……ですが、こうして親切な方にお救いいただいたのですから、神に感謝こそすれ、嘆くことなどひとつもありませんわ」

　ミリアムは、うっとりと心のこもった（ように見える）まなざしでアレクシスを見つめた。

　ものすごく落ちつかない。演技過剰ではないだろうか？　しかしフェルディナンドはいたく感銘を受けた表情をしている。

アレクシスは内心のむずがゆさをこらえつつ、フェルディナンドに言った。

「実は、私も夏季休暇《かききゅうか》を利用してこちらに旅行に来ていたのですが、ちょっとしたトラブルに巻きこまれてしまいまして。異国の地で頼る当てもなく困っていたところに、貴殿を思い出したのです」

「アレクシス様、今回はお母上とご一緒ではなかったので？」

「ええ。それと、できれば母や家の者には頼りたくなくて……」

言いよどむと、フェルディナンドはアレクシスとミリアムの顔を交互に見て、なぜかわけ知り顔になった。

「なるほど、そういうことでしたら……わたくしがぜひ、おふたりのお力になりましょうぞ！」

大きな両手にぎゅっと肩をつかまれ、アレクシスは彼がなにかを誤解しているのだと気がついた。

「いや、フェルディナンド……」

「いえいえ、なにもおっしゃらなくても心得ておりますとも！　ご心配なさらずに。わたくしはあなた様のお味方ですぞ！」

やっぱり激しく勘違いをしている。まさか、自分は旅の途中で出会った人妻と恋に落ちてしまったと思われているのか？

「どうぞ、好きなだけ当家に滞在なさってください！　入り用な物がございましたらなんでもご用意いたします。もちろん、ご実家に連絡するような野暮《やぼ》なことはいたしませんよ！」

「いや、あの」

当惑するアレクシスの言葉にかぶせるように、ミリアムがにっこり微笑んで言った。

「お心遣い、痛み入りますわ。ありがとうございます、ヴィスコンティ様」

＊

プンダリーカに到着するまでに、二週間もかかってしまった。

南下するほど気温は上がり、高原生まれのアレクシスにとってその蒸し暑さはなかなかにつらいものであった。しかし、ダニエルの話ではクータスタ国の暑さのピークは春だというから、夏で助かったのだろう。

だが雨季特有のスコールで一日に何度もびしょ濡《ぬ》れになるし、ろくな食事や寝床にありつけなかったので、ようやく首都に着いた時にはすっかり消耗《しょうもう》しきっていた。

ヴィスコンティ邸に滞在できることになったのは本当にありがたかった。そもそも彼は世界中を飛び回っているので、自宅を訪ねても空ぶりに終わる可能性も高かったのだ。運が良かったと言えよう。

　ちなみに、雨と悪路にまみれた二週間の旅路でアレクシスの格好はひどいものになっていたのだが、思い切って最後の所持金をはたいて身なりをきれいにしてからフェルディナンドを訪ねていた。見栄を張るわけではないが、不審者《ふしんしゃ》として執事に門前払いをされても困るし、体裁《ていさい》を整えるのは相手への礼儀でもある。

　それに、幼い頃から幾度も母と外交の場へ出かけ、教えられたのだ。

『いい？　誰かに頼みをきいてもらいたい時は、自分にそれだけの価値があると相手に思わせることよ。だから、足もとを見られるような姿をさらしてはダメ。いつでも堂々とふるまい、互いに対等であるという気持ちと態度でのぞみなさい』

　しばらくぶりの風呂に入り、真新しい清潔な衣服に着がえ、おいしい食事でもてなされ、生き返ったような心地を味わった。

　暑さを逃がすためだろう、案内された客間は開放的な造りになっており、大きな窓からはおだやかな風が入ってくる。ちょうど日暮れ時だ。

　窓辺に立って外を眺めると、広々とした中庭が一望できた。青々とした芝生《しばふ》、鮮やかなピンク色の花を咲かせるブーゲンビリアの木。紫がかった空の色は、真っ白い大理石の壁や柱をも幻想的に染め上げている。あちこちで灯《とも》された明かりは、中央に設《しつら》えた大きなプールの水面《みなも》にゆらゆらと映りこんでいた。

美しい光景だ。まるで楽園にいるかのように、現実感がない。クータスタにこんな華やかな世界があるなんて想像もしていなかった。

自国エリシウムには、貧困や差別から逃れるために国境を越えてきたクータスタ人の難民もいる。そのせいで、クータスタ国は住みにくく厳しい環境なのだと思っていた。

(ああ、そうか。だから、なのか……)

この宮殿のような住まいは、民から搾《しぼ》りとった税金で建てられたものなのだ。貧富の差が激しく、階級社会で虐《しいた》げられた人々がいるからこそ、このように贅沢《ぜいたく》な暮らしが存在する。

「浮かない顔をしているな」

不意にかけられた声に顔を向けると、となりの部屋の窓のふちにミリアム――の姿をしたダニエル――が腰かけていた。半袖《はんそで》のチュニックと足首まで隠れるゆったりとしたズボンを身につけ、紅色《べにいろ》のストールを頭から体へ巻きつけた格好は本物のクータスタ人女性のようだ。

「驚かさないでくださいよ」

ダニエルは前かがみになると中庭へ飛び下りた。踊り子が舞うように、ストールがふわふわと広がって軽やかに着地する。

「オレは出かけてくる。朝までに戻らなかったら、屋敷の人間には疲れて寝ているとでも伝えてくれ」

「おひとりで大丈夫ですか?」

「慎重に行動するさ。少しはツテもあるしな。心配するな」

「でも、そんなきれいな格好で……」

ダニエルが片眉を上げて「妙《みょう》なことを言われた」という顔をしたので、アレクシスは自分の発言をかえりみて赤くなった。夜に女性が出歩くなんて危険だと反射的に思ってしまったのだが、そうだ、この人は四十間近の男性なのだった。

ダニエルはわざとらしく微笑んで言った。

「ご心配どうもありがとう。優しいのね。あなたもそのスカート、よく似合っていてステキよ」

「腰巻きです！　からかわないでください」

アレクシスもこのあたりの民族衣装を着ていた。布を腰に巻きつけてサンダルを履《は》くスタイルは確かに涼しいのだが、自分でも「スカートをはいているみたいでスースーして落ちつかない」と思っていたのだ。

ダニエルは笑うと、薄闇のなか身をひるがえした。

「良い子で大人しくしてろよ」

紅色のストールは、すぐに闇にまぎれて見えなくなる。

「……お気をつけて」

つぶやくように言って、アレクシスは小さく息をついた。

（タフだなぁ……）

見上げると、いつしか藍色《あいいろ》に変わった空には宵《よい》の明星《みょうじょう》が光っていた。

闇取引が行われるという平和式典パーティーまで、あと五日だ。それまで本当に自分はなにもせずに、ただその日を待つことしかできないのだろうか？

＊

翌朝起床したアレクシスは隣室を訪ねてみたが、ダニエルはまだ帰っていないようだった。

使用人のクータスタ人男性――アヒムサーという名だ――がやってきて、フェルディナンドの「朝食をご一緒に」という誘いを伝えてくれた。

「ありがとうございます。ミリアムさんはお疲れのようですので、起こさずそっとしておいてあげてください」

昨夜言われたとおりのことを告げると、アレクシスは用意されていた洗面器で顔を洗って寝間着を着がえた。

たっぷりした大きな腰巻き布（長さが四メートルはある！）を着用するのが難しく、アヒムサーに手を貸してもらう必要があった。単純に巻きスカートとして身につけるのではなく、腰で結んだ布を股下にくぐらせて着装すると動きやすいのだという。アヒムサー自身もそうやって着ている。どうしてこんなに布の長さがあるのかと思ったが、ゆったり着ることでたくさんのひだができて見た目も格好良くなるようだ。

外に面した廊下を歩いて案内してもらいながら、アヒムサーが「今日は良い天気ですね」と言った。アレクシスは熱帯地域特有の鮮やかな緑の庭を眺めながら答えた。

「小雨が降っていますよ？」

アヒムサーは笑った。

「この国では、雨季のこのような空を良い天気と言うのです」

なるほど、恵みの雨というわけだ。暑さも和《やわ》らいですごしやすいからなのだろう。

それにしても、彼は西方語がとてもうまい。客人への接し方もきちんとしていて、優秀な人材だということがうかがえた。

アレクシスは聞いた。

「フェルディナンドは、良い主人ですか？」

「ええ、彼は優しくて気前がいいです。お給金もたくさんくださいます」

率直《そっちょく》な言葉に、思わず吹き出しそうになってしまった。

「それはなによりですね」

そんな会話をしているうちに食堂に着いた。フェルディナンドがにっこり笑って出迎えてくれる。

「おはようございます、アレクシス様。よくお休みになられましたかな？」

「おはようございます。ええ、すてきな寝室で心地よくすごせました」

「それはよかった！　クータスタの衣装もよくお似合いでいらっしゃる」

「ありがとうございます。あなたも今日は西方の装いではないのですね」

フェルディナンドもアレクシスと同様、襟なしの貫頭衣《かんとうい》に腰巻き布という服装だ。明るい黄色の柄模様がよく似合っている。

「昨日はオムニス貴族と取引がありましたのでね。わたくしはこの国の衣服をとても愛しておりますが、頭のお堅い前時代的な方々にはあまり受けが良くないのですよ。おっと、お客様のことを正直に評してしまうわたくしの口をどうかお許しくださいませ」

アレクシスは笑うと、すでに料理が並べられている食卓の席についた。

「ミリアム様は、まだお休みですか？」

「ええ。昨夜の疲れが残っているのか、よく眠っていらっしゃるようなので、このまま休ませて差し上げたいと思いましてて」

「そうですか。ええ、ええ、そうでしょうとも」

向かいの席に座ったフェルディナンドは、心得ているとばかりに激しくうなずいている。

「えーっと……」

なにかまた誤解されているような気がするが、それについては言及しないでおこう……。

食事はクータスタ南地方の料理だそうだ。ふんだんに香辛料を利《き》かせた豆や野菜のスープには、驚いたことにパンが添えてあった。オムニス帝国の統治領になってからは、この国でも西方人向けに硬いパンを焼くようになったらしい。

アヒムサーが料理の説明をしながら、青々とした大きな葉の上に米《ライス》、玉葱《オニオン》や胡瓜《キューカンバー》の漬物、小粒の豆の煮こみ、ヨーグルトやソースなどを盛ってくれる。クータスタ人はこれを自分の手で混ぜて食べるらしいが、フェルディナンドとアレクシスにはスプーンが用意されていた。こんなふうに個々の料理を混ぜ合わせて食べるスタイルは初めてだ。それも葉っぱの皿でいただくとは、いかにも異国に来たという感じがして新鮮である。

スプーンでひとすくい口に運んでみると、塩やスパイスが効いてパンチのある味や、あっさりまろやかなものが混在し、刺激的でありながら深みのある味わいが広がった。ひと口ごとに香り高く複雑に混じり合う不思議な料理を、アレクシスは大いに楽しんだ。

「とてもおいしいですね。東方の香辛料が多彩で絶品だとはうかがっておりましたが、こうして現地でいただく料理はまた格別ですね」

「ええ、わたくしたちオムニスの商人は古くから東の地へスパイスを求め、砂漠を越えてやってきたものです。香辛料だけでなく、この国には様々なすばらしい資源と文化があるのですよ。そうです、今日はぜひ庭内にある工場《こうば》をご覧になってくださいませ。多くの従業員がはた織りや染め物をしております。美しい布が作られる様子をぜひともお見せしたい」

「ご自宅と同じ敷地に作業所があるのですか？」

「そうですとも。自社で扱《あつか》う商品をきちんと自分の目で見て監督することは、経営者の大事な務めですからね。働く者の姿をすぐそばで見られるというのは、良いものでございますよ。職人の手からすばらしい伝統工芸品が生み出されるさまを目にしていると、おのずと畏敬《いけい》の念が湧いてくるのです。もちろん、その才能を使わずに仕事をサボるのを防ぐためにも見回りをしているのですが」

はっはっは！　と、フェルディナンドはこちらがびっくりするほどの声量で豪快に笑った。

「今のは冗談です。クータスタ人はオムニス人と違って非常に働き者なのです。アレクシス様もその仕事ぶりをご覧になれば、東方人を雇うことがどれほど賢い選択かご納得いただけるでしょう」

ダニエルがテロ計画の阻止に向けて奔走《ほんそう》している時に、自分がのんきに工場見学などしていてもいいのだろうか？　そう思ったが、他にやるべきことも思いつかない。フェルディナンドには恩もある。彼が自社製品を売りこみたいのは当然で、客人として快く応じるのが礼儀というものだ。

それにアレクシス自身も、フェルディナンドの仕事には興味があった。

戦乱の世が過去のものとなり、階級社会が解体されつつある昨今、次の時代を創《つく》っていく役割のひとつは商業だろう。

国民の多くが聖アルブム教の信徒であるエリシウム国では、清貧《せいひん》な暮らしこそが尊い生き方であるという考えが支持される傾向にあり、財を成す行為はあまり歓迎されない。だが、経済は大きく国を動かす。表向き和平を約束した国同士が矛《ほこ》を収めたとして、次に手にする武器は金銭である。五十年前、実質的には敗戦国となったオムニス帝国が、その後躍起《やっき》になって経済成長を遂《と》げようとしてきたのはあきらかだ。そういった社会の実情を思えば、関心を払っておくべき重要な事柄である。

アレクシスの母はヴァイカウント社――フェルディナンドの経営する貿易会社の名だ――の顧客《こきゃく》であるし、スワールベリー家のためにも、フェルディナンドが商売をする上で不正行為や従業員に不当を働いていないかを確かめたい。個人的には彼が好きだし、そんなことはしていないと信じたいが、客観的視点を持つのは大事だ。実は、先ほどアヒムサーに質問をしたのもそういう理由からだった。

そんなわけで、食後の紅茶をいただいたあとは工場の様子を見せてもらうこととなった。

ヴィスコンティ邸の敷地は広い。スコールに備えて傘を持ち、庭園を散策しながら工場へと向かった。

驚いたのは、従業員の多くは女性だということだ。若い娘から白髪《はくはつ》の老人まで、幅広い年齢の女性が働いている。木製の糸車がカラカラと軽快に回る音、はた織り機が立てるトントン、という小気味《こきみ》よい音が奏《かな》でる響きは耳に心地よい。

「クータスタには、地域によって多彩な布の文化があります。各地には腕の良い職人もおりますが、その技術は同じ部族内での限定的な伝統でしかありません。わたくしはそれをもっと多くの人々に有用してもらいたいと考えております。職人に新たな人材を育成してもらい、今まで稼ぐ術《すべ》がなかった者たちにもそれを身につけて欲しい。ここはそのための場でもあります」

「彼女たちは、家族を養うために働きに出ているのですか？」

「もちろんそういう者もおります。ですが、わたくしが積極的に雇用しているのは、子供を抱えながら頼るあてのない母親や、身寄りのない孤児などです。貧しい者がそこから抜け出すのは困難なことです。そして貧乏は親から子へと受け継がれていく。わたくしはそれを変えたいと思いましてね」

フェルディナンド・ヴィスコンティは、今でこそ大会社を経営する富豪だが、若かりし頃は日陰者として扱われていた。彼はオムニス帝国の由緒《ゆいしょ》ある貴族の家に生まれたが、魔法の才能がなかった。

オムニスでは長年、魔法使いが絶対的な支配権を持つことが当たり前だった。終戦以来少しずつそれも改革されてきたが、今でも魔法が使えない者に対する差別的な待遇は根強い。そのため、フェルディナンドが一族で冷遇されたであろうことは想像に難《かた》くない。

けれども彼は持ち前の開拓者精神でクータスタ国に移住し、西方の文化を売りこむとともに現地の伝統的な品を各国へ輸出し、一代で財を築き上げた。それまでの苦労は並大抵なことではなかったはずだが、その経験が自信となり、また新たな挑戦への原動力となっているようだ。

「作業場の二階に住んでいる者も多くおります。親が働いているあいだ、子供は読み書きを覚えたり、外で遊んだり——わたくしの子供たちとも兄弟のように親しくすごしておりますよ。妻はクータスタの湿度が苦手でよく体調を崩すので、国外へ避暑に行くことが多く今も留守にしておりますが、子供たちは寂《さび》しいと泣くこともなく、家族が増えたように毎日楽しそうにしております」

「読み書きとは……子供の教育もされているのですか？」

「きちんとした学習の体制をとれているわけではありません。学校も造りたいのですが、まだそこまで手が回りませんで」

フェルディナンドは大きな目をきらりと光らせた。

「あなた様が出資をお考えでしたら、喜んでお受けいたしたく存じますよ」

アレクシスは品良く微笑んだ。

「そうですね。こちらの方々の様子をよく見せていただいた上で、検討したいと思います」

本当なら、すぐにでも良い返事をしたいところだ。だがスワールベリー本家の財産はすべて母の管理下にあるため、アレクシス個人が動かせる金額はゼロに等しい。広大な領地を持つ家の生まれだと、好き勝手に贅沢できるのだろうとよく思われるのだが、そんなことはない。領主の資産の大部分は領民の税金であり、個人の財産ではないというのが当主としての母の考えだ。財布の紐《ひも》は常にきっちりと締められているのである。

その後もフェルディナンドの案内で、様々な作業工程を見せてもらった。糸を紡《つむ》ぎ、染め、巻いて、つなぎ、はた織り機で織っていく。それらは分業制で、慣れた手さばきで美しい布ができ上がっていく様子は非常に見事だ。他にも、木版を押すことで布に絵柄をつける技法や、ひと針ひと針丁寧に刺繍《ししゅう》を施《ほどこ》して精緻《せいち》な模様を描き出す手仕事には目を見張った。フェルディナンドが熱のこもった声でしきりに染料や図柄の説明をしてくれるのだが、それもうなずける。職人技としか言いようのないその仕事ぶりは本当にすばらしいものなのだ。

「わたくしは商人としてこれらの品を扱っておりますが、それ以前にクータスタの技術と文化を愛しているのです。もっと多くの人々にそれを広めたい。そして、彼らの伝統を守りたい。だからこそ現地人による製造にこだわっております」

確かに技術だけをオムニスに持ち帰り大量生産するほうが、効率よく莫大《ばくだい》な利益を上げることができただろう。オムニスには安い賃金で働かされている、かつての奴隷身分《どれいみぶん》の民が今も数多くいるのだ。

「ここで働いている者は従業員のほんの一部で、クータスタの各地域にも工房がございます。故郷を離れずに収入を得たいという者のほうが多いですからね。今までどおり伝統工芸として作ってもらい、納品の数や質に応じて報酬《ほうしゅう》を支払っております」

最後に、クータスタ各地で作られた布が収められている倉庫を見せてもらった。目の覚めるような鮮やかな色から、やわらかく自然な優しい色、華やかな柄、繊細な紋様、すべてに目を奪われるような光景に感嘆した。

「いかがです？　こちらのインディゴで染めた布など、男女問わず人気がございます。あなた様のお母上の髪色にもよく映えて、美しさをより引き立ててくれることでしょう」

藍色の布を掲げてフェルディナンドはにっこりと笑った。黒っぽい渋めの青色だが、広げると透《す》けて軽やかに見える。落ちついた大人の美しさといった雰囲気だ。

「すてきですね。西方では見慣れない色なので、公《おおやけ》の場でまとったら目を引いて評判になりそうです」

「そうでしょうとも！　いやはや、実は四日後の平和式典パーティーの場で、ぜひともミズ・スワールベリーにお召しになっていただきたかったのですが、まことに残念なことで」

アレクシスははっとした。

そうだ、どうして思い至らなかったのだろう。母がスワールベリー家代表として平和式典に招待されている可能性は充分にあったではないか。

アレクシスは慎重に言った。

「母は、社交の場ではよくヴァイカウント社の布地で仕立てたドレスを着ておりますからね」

「ええ、ええ、ありがたいことに、メアリー様には大変ご贔屓《ひいき》にしていただいております。ミズ・スワールベリーが着てくださった品は、その後飛ぶように売れるのですよ。今回も、彼《か》のお方がお気に召すものをとあれこれ考えておりましたが、なかなか入国なされないので知り合いに問い合わせたところ、どうやら欠席なさるとのことで、わたくしは大変落ちこんでしまいましたとも。あの方の笑顔を拝見することが、商人としてのわたくしの喜びのひとつでありますのに！」

（そうか……母さんは欠席するのか。外交的な催《もよお》しに来ないなんてめずらしい）

夏休み前に連絡をとった時には元気そうだったから、病欠ではないだろう。でも、だとすると理由はなんだろう？

「しかし、しかし、こんなにご立派になられたご子息がお越しくださったとは嬉しい誤算ですとも！　今からでも式典に間に合わせることはできますゆえ、ぜひともこちらの生地から衣装を作られては――」

「ヴィスコンティ卿」

フェルディナンドの弁舌をさえぎり、アレクシスは母から学んだ「相手に有無を言わせない権威的な笑顔」を発動しつつ（あまりこういうふるまいは好きではないのだが）言った。

「お頼みしたいことがあります。今から言う物と場所をお貸し願えませんか？」

＊

「さて、と。こんなところでいいかな」

白亜でできた美しい離宮の一室で、アレクシスはつぶやいた。

人払いを頼んであるので、近くには誰もいないはずだ。これからすることを見られたくないからというのもあるが、雑念を払って集中したいというのが一番の理由だ。

フェルディナンドに借りたのは、料理を盛るための大皿だ。真水を満たしてある。水を介《かい》して通信魔法を使うためだ。

「四大精霊、水を操りしウンディーネよ。我の呼び声に応え、その力を分け与えよ。大気に満ちる雫《しずく》の欠片《かけら》たちよ、我の魔力を受けて懐《なつ》かしき彼の地へとつながりたまえ。目指す先は偉大なる祖が開きし我が故郷スワールベリー、その印《しるし》を刻む契約の場所へ」

通信魔法は主にふたつに分類される。ひとつは特定の相手に向けたもので、こちらは傍受《ぼうじゅ》や妨害をされやすいという欠点がある。もうひとつは通信魔法を受けるために作られた、専用の受信体制が整った場所へ送る方法だ。こちらは安全対策を事前に施しておけば、情報がもれる心配がない。実家に設置してある水魔法受信器は国家クラスの防護魔法を備えているので、その点は申し分なかった。

アレクシスの母が家にいるといいのだが。これで捕まえることができなければ、危険を冒して母個人に連絡をとることはあきらめたほうがいいだろう。自分の居場所が知られることで万一ダニエルに迷惑をかけることになってしまったら元も子もない。

しばらくして、水面に映像が映し出された。白髪をきっちり整えた、体格のいい老紳士の姿。アレクシスが生まれる前から我が家に仕える執事である。

「やあ、バートン──」

『アレクシス様!!』

老執事バートンは驚愕《きょうがく》の表情で叫んだ。

『お久しゅうございます！　何年もお戻りにならないので、みな大変に心配いたしておりますぞ』

「ああ、ごめん、実は──」

『大奥様は、アレクはどうしているの？　と三日に一度はおっしゃっております。奥様は口にこそ出されませんが、坊ちゃまがおられないことを寂しく思われていらっしゃらないはずがございません』

「うん、悪いとは思ってるんだ、でも──」

『このじいやも坊ちゃまがどうすごされておいでかと考えない日はございません。それなのにあなた様ときたら、ご連絡くださるのは休暇には帰省できないという知らせばかりで──』

バートンの勢いは止まらない。ダメだ、このままでは日が暮れてしまう。

(ああもう、仕方がない――)

アレクシスは息を吸いこんだ。

「黙れバートン!」

一喝《いっかつ》すると、バートンはピシィッ! と、号令を受けた兵士のように直立した。使用人の性《さが》である。

『――はっ!』

アレクシスは威厳のある声で言った。

「母上はご在宅か? すぐに取り次いでくれ」

『ははっ! ただちに!』

バートンはクルッと背を向けて扉へ向かう。が、ちらりとこちらをふり向くとぼそっと言った。

『坊ちゃま、だんだんと奥様に似てこられましたな』

アレクシスはため息をついた。

「親子だからね。それより、早く頼むよ。大事な用件なんだ」

バートンが姿を消し、母のメアリーが顔を見せると、同じようなことがくり返された。

『アレク! あなた今どこにいるのっ? ウォルシュから連絡があったわよ、いつまで経ってもアレクが家《うち》に来ないって。魔法学校に問い合わせてもわからないって言うし、なにがあったの？　徒弟《とてい》実習の期間はとっくに終わったのでしょう？』

メアリー・スワールベリーは三十代半ばとは思えない、若々しい美しさと魅力にあふれている。豊かなストロベリーブロンドの髪に、長いまつ毛に縁どられた意志の強そうな瑠璃色《るりいろ》の瞳。強気で闊達《かったつ》な性格だが、丸顔と華奢《きゃしゃ》な容姿がどこか愛らしい印象を与え、見る者に親しみやすさを感じさせる。

「こんにちは、母さん。実は今、クータスタ国にいるんだ」

『クータスタですって？』

メアリーがいぶかしげな顔をし、大きな目をきりきりと吊《つ》り上《あ》げる。あいかわらず、迫力があるなあ……。

「まあ、色々あってね」

アレクシスは曖昧《あいまい》に言うと、メアリーに追及されないうちにと、すぐさま本題に入った。

「ところで母さん、この国で開催される平和式典に呼ばれているそうだけど、まだ家にいるってことは出席しないつもりなの？」

メアリーの表情がくもった。

『ええ……本当は行きたかったのよ。でも、お母様が辞退しなさいっておっしゃってね。良くないことが起こるに違いないからって。いつもの予言よ』

「ああ……」

メアリーの母、エリザベスは予知魔法が得意な魔女だ。

祖母エリザベスはメアリーとは対照的に、慎重で保守的、そして懐疑的《かいぎてき》だ。以前アレクシスが魔法庁災害対策局を就職先に考えていると相談した際には「救助隊のような危険な仕事は認めません」と強固に反対したほどである。メアリーはあきれていたが、無敵の英雄と謳《うた》われたアレクサンダーが四十七歳という若さでこの世を去り、娘であるエリザベスは心に深い傷を負ったのだから、それもいたし方ないことだと思える。

エリザベスは良くない未来を避けようと、ことあるごとに予知魔法を使い、みなに助言を与えてきた。だが才気煥発《さいきかんぱつ》で行動派のメアリーはその忠告に反発ばかりして育ち、母娘《おやこ》はたびたび衝突をくり返してきた。

しかし、数年前エリザベスが病に倒れ、後遺症で歩けなくなってからはその関係も変わった。メアリーが母に対して歩み寄る努力をし、尊重しようと心がけていることはアレクシスも知っている。

「おばあ様は、元気にしてる？」

『ええ。最近は魔除《まよ》けの刺繍を刺すのに精を出しているわ。あなたに会いたがっているわよ』

「バートンにも聞いたよ。ごめん、不人情な跡取り息子で」

家族になにもできていないこともそうだが、メアリーには相当な負担をかけているに違いないのだ。女ひとりで広大な領地を治め、強者《つわもの》ぞろいの一族で当主としての役目を果たすのは並大抵のことではない。しかも後継ぎは女性恐怖症で、結婚の見通しも立たないのだ。

『年寄りが孫の顔を見たいって言うのは、口ぐせも同然よ。気に病むことじゃないわ』

メアリーはきゅっと唇《くちびる》をとがらせて言った。母が強がる時に無意識にする仕草だ。

「……うん。おばあ様のそばにいてくれてありがとう」

(年寄りなんて、本人が聞いたらものすごく怒ると思うけど)

心のなかだけで、こっそりと笑った。

「母さん、頼みがあるんだ。スワールベリー当主の名代《みょうだい》として、平和式典に出席したい」

メアリーは怪訝《けげん》な表情になった。

『どういう風の吹き回しなの？』

「正直に言うと、スワールベリー家のためを思ってのことじゃないんだ。ごめん。詳《くわ》しい事情は話せないけど……魔法使いとして、人として、見すごせない事態が起きようとしている。おばあ様の予知は当たってるよ。だからこそ、それを防ぐためにでき得る限りのことをしたい」

メアリーは黙って思案している。静かだけれど、厳しい顔つき。

本当は、母の力を頼ることはしたくなかった。それもこんなふうに理由も伝えずに、ただ自分の言うことをきいてもらいたいだなんて虫が良すぎるだろう。だが、他に手が思いつかなかった。

『アレク。スワールベリー当主としての考えでは、跡取りを危険に飛びこませるようなことはさせられないわ。でも、私が人生の先輩としてあなたに教えたいのは、どんな時でも自分の心に誠実な行動をしなさい、ということよ』

アレクシスが驚いていると、メアリーは真剣な目をして続けた。

『あなたは優しすぎるから、私みたいにわがままをとおして周囲を困らせることもなかったでしょう。でもね、そうやって自分の可能性をせばめて欲しくはないの。もっと自由に、好きに生きなさい』

「母さん……」

アレクシスは感動して胸が熱くなったが、メアリーは連射式の武器ように続けた。

『そりゃあね！　私だって人間だから、息子に対してあれこれ望むことはあるわよ！　立派な魔法使いになって欲しいとか、跡を継いで一族を束ねて欲しいとか、良い娘《こ》と結婚して子供を作って欲しいとか、色々とね!!』

「か、母さん……」

あまりの勢いに気圧《けお》されてよろめきそうになるアレクシスに、メアリーはふんっと鼻息をつき、ツンと唇をとがらせた。

『でも、そんなことは全部私の勝手な願いだもの。あなたの人生には関係がないし、気にして欲しくないの。わかった？』

「……うん」

　気にして欲しくないのなら、本人にそれを言わなければいいのだが……しかし、アレクシスは母のこういう率直なところが好きだった。本音を隠して大人の顔をされるより、正直に向き合ってくれるほうがずっといい。

　アレクシスが微笑むと、メアリーも満足げな笑みを見せる。

『いい笑顔。男前よ、ミスター・スワールベリー。記念式典パーティーで一番の紳士になれるわ』

　こういう褒められ方をするのは、どうにも面映《おもは》ゆい。アレクシスはわざと真面目《まじめ》くさった顔をして返した。

「メアリー様の代理として恥ずかしくないよう、立派に務めを果たす所存《しょぞん》です」

『期待してるわ。出席のための手続きは、こちらで済ませておくわね。他になにか必要な物はある？』

「ありがとう。実は今、フェルディナンド・ヴィスコンティ氏の屋敷に滞在しているんだ。彼に用立ててもらおうと思う」

『フェルディナンド？』

　メアリーが目を丸くする。

『あらまあ、いいところを頼ったこと。意外と抜け目ないじゃない』

「ごめん」

アレクシスは苦笑いするしかない。

「彼の事業を見せてもらったよ。確かに商売がうまいだけじゃなくて、雇用主としても優れていると思う。従業員の子供たちのための学校を建てる資金を援助する気はないかと打診されたよ。一度、母さんの目で現場の様子を見てもらえないかな？」

『はいはい。つまり、フェルディナンドに貸しひとつね。わかったわ、ちゃんと考えておく。他にも出費があるなら遠慮せずこっちに請求書を回しなさい。お母様には知られないように処理しておくから』

「ありがとう。本当に助かるよ」

『ええ、存分に感謝してくれてかまわないわよ』

「……俺も、当主様に貸しひとつかな？」

『馬鹿ね。親が子供に手を貸すのは当たり前よ。それに、コネとカネと権力は必要な時に思いきりよく使いなさいって教えたのは、他でもない私よ』

メアリーは得意そうな笑みを浮かべ、いたずらっぽく言った。

『いい男に育ってくれているようで、私も鼻高々だわ』

＊

フェルディナンドは商談に出かけて行ったので、昼食はひとりでとることになった。式典に向けて色々と考えたいこともあったので、アレクシスはアヒムサーに頼んで部屋まで食事を運んでもらった。

ダニエルはまだ帰っていないらしい。自分の部屋で一緒に食べるからと説明してミリアムの部屋には入らないでもらったが、いつまで不在がごまかせるやら。

ひとりで済ます食事はあっという間だ。からになった皿がわりの大きなバナナの葉の上にスプーンを立てて、アレクシスは半ば無意識に魔法陣の術式を書いていた。

（どうにか他人《ひと》に気づかれずに、手早く効果的な防護結界を張る方法はないだろうか……）

雨の音が聞こえ、またスコールかと窓のほうを見た。気のせいか、子供がはしゃぐような声が聞こえる。

立ち上がって中庭の様子を見ると、本当に子供たちが走り回って遊んでいた。工場で働く人々の家族に違いない。そのうちの何人かはきっとフェルディナンドの子供だろう。雨が降っているというのに、元気いっぱいで楽しそうだ。はしゃぎすぎてプールのなかに落ちはしないかと心配してしまう。

かつては王侯貴族の享楽《きょうらく》の場としてにぎわったであろう大きなプールだが、今では染め物製作時における、生地を洗う作業の場として使われているという。なんとも実用的な利用法だと感心してしまった。

この屋敷はフェルディナンドだけのものではなく、クータスタの労働者たちの家でもある。プンダリーカに来るまでの道程で、住む家もなく道端で寝ている人をたくさん見た。この国ではそれが当たり前の光景のようで、誰も気に留めない様子に胸が痛んだ。この屋敷で出会ったクータスタ人はみな明るい顔をしていて、幸せそうだ。こんな人々がもっと増えて欲しいし、彼らにそれを与えてくれたフェルディナンドの行いには敬服の思いだ。

こんなふうに子供たちの笑顔を見ていると、それだけであたたかな気持ちになれる。笑い声は平和の調べそのものだ。この響きがずっと続けばいいのに……。

けれど、それが四日後には脅《おびや》かされるのかもしれない。

そもそもなぜ、西方で起きた魔法戦争の終戦五十周年を、東方国であるクータスタが記念式典を開き盛大に祝うのか。ここに来るまでの道中、アレクシスはダニエルに訊《たず》ねていた。

「長年の戦《いくさ》で、オムニスもエリシウムも多くの人員を必要としていた。傭兵《ようへい》や軍事工場で働く人材をな。クータスタからもかなりの人間が戦争に関わっていたんだ」

「そんな……だって、東方人の彼らは魔法が使えないじゃないですか。信仰する宗教だって違う。戦いに加わる理由なんてないのに」

「それでも、貧しい者は生きるために給金に釣られて西方にやってきたのさ。家族を食べさせるため、逆に家族の負担を減らすために戦争に行く奴《やつ》もいる。魔法具の材料になるという理由で、鉱石や染料も高値で取引された。クータスタの奴隷民がそれらの採取のために過酷な労働下へ駆り出されもした。たくさんのクータスタ人が戦争で死に、また殺人の道具を作ることにも携わった」

「……知りませんでした」

愕然《がくぜん》とするアレクシスに、ダニエルは変わらぬ調子で言った。

「授業では習わないだろうな。学校は真実を伝えるためにあるわけじゃない。大抵は、大人が子供に信じさせたいものを教える場でしかない。自国に都合の悪いことは隠したがるのさ。事実を知りたいのなら、あらゆる場所を回って色んな人間の話を聞くといい」

「……そうします。――でも、それならどうして、今回の平和式典の場で闇取引なんてものが行われるのですか？　クータスタ人が戦争に使われた大量破壊兵器を過激派組織に売りつけるなんて、そんなの道理に適《かな》っていません」

「道理なんてものはないからだよ。武器商人の行動理念は万国共通、金になるから、それだけだ。自分が売ったあとのブツがどこでどう使われようが知ったこっちゃないのさ」

アレクシスには信じ難い話だった。言葉を失っていると、ダニエルは皮肉めいた笑みを浮かべた。

「貧しいっていうのはそういうことなんだよ、お坊ちゃん」

思い出したら、なんだか厭世的《えんせいてき》な気分になってしまった。

自分は世のなかを――人間《ひと》を、嫌いになりたいわけじゃない。社会や人々の役に立てるような魔法使いになりたいのだ。だが、そのために世界がもっと美しいものであって欲しいと願ってしまうのは……自分が狭量《きょうりょう》だからだろうか。

気がつくと、雨は小降りになっていた。あたりが少しだけ明るさをとり戻す。ふと空になにかの影がよぎったような気がして目をこらすと、一羽の鳥が飛んでいた。こんな天気なのに、めずらしい。

鳥は悠々と旋回《せんかい》しながら下降し、庭内のブーゲンビリアの木へ降りるように見えた。そして気がつく。その木の下に人が立っている。鮮やかなブーゲンビリアの花と同じ紅色の衣は見間違えようもない、ミリアムだ。長い腕を伸ばし、そこにふわりと鳥が降り立った。

(ブラッグさん……帰って来たのか)

正門を通らずに、どうやって高い外壁を乗り越えたのだろうか？

鳥はしばらくすると煙のように消えた。魔法紙による伝書鳥だ。仲間の誰かと連絡がとれたのかもしれない。

ダニエルを出迎えようと、アレクシスは傘を手に中庭へ出た。靴ではなくサンダルを履いているので、濡れた芝生が素足に触れて新鮮な感じがする。

ダニエルが庭を横断していると、遊んでいた子供たちに囲まれた。人懐っこい様子で、客人に興味津々《きょうみしんしん》のようだ。

どんなことを話しているのかは聞こえないが、表情からなんとなくやりとりの想像がつく。

——お姉さん、だあれ？

——名前は？

——どこから来たの？

——一緒に遊ぼうよ！

ダニエルはしゃがんで彼らと目線を合わせ、笑顔で応じている。

——私はミリアム。西の国から来たのよ。いいわ、遊びましょう。

ダニエルは子供たちと手をつなぎ、声を上げて笑ったり走り回ったりした。まるで仲の良い友達のように。アレクシスが驚いてしまうほど、子供の輪のなかに溶けこんでいて楽しそうだ。ダニエルはそれほど子供好きだったのだろうか？

（俺はああいうの、不得手なんだよな……）

アレクシスは、自分より小さい子供と遊んだ経験がほとんどない。年上の人に囲まれて育ったせいか、幼い子とどう接していいのかわからないのだ。

そもそもアレクシス自身がはしゃぎ回るような子供ではなかったので、童心に返るということ自体が難しく感じる。そんな自分にがっかりしてしまうし（我ながらつまらない奴だ……）あんなふうに子供とすぐに打ち解けられるダニエルが少々うらやましかった。

それにしても、ダニエルが子供たちと追いかけっこをする姿は全力だ。いや、真剣勝負をしているという意味ではなく、子供と遊ぶのを心の底から喜んでいるように見える。子供たちもそれがわかるから、よけいに楽しいのだ。みんな、きらきらした瞳で笑い合っている。

ダニエルの瞳も、同じようにきらきらと輝いていた。今のこの瞬間を、すばらしい宝物として生きるように。子供たちを見るまなざしは、とてもあたたかい。

——その時、まるで天啓《てんけい》が閃《ひらめ》いたかのように、急にアレクシスは得心がいった。

ダニエルがどうして——なんのために過酷な任務に身を投じているのか、唐突にその答えが見えた気がしたのだ。

『オレ自身はどこで野垂《のた》れ死《じ》のうがかまわないが、普通に真面目に生きてきた人には、安らかに旅立ってもらいたいだろ』
ニクス山麓《さんろく》で救助活動を終えたあと、ダニエルはそう語っていた。
（そうか……）
あの言葉にこめられた想いが、今になって深く伝わってくる。

『違う仕事に就《つ》こうと思ったことはなかったのですか？』

『ないな』


迷いなく答えたダニエルが、どんな心境でその道を選んだのか。ダニエルにとって、犯罪組織に立ち向かう魔法使いでいる理由は、きっと——

アレクシスは突然熱いものがこみ上げてくるのを感じて、あわてた。

（うわっ、どうしよう。俺、泣きそうになってる……）

こんなところで涙を流すなんてどうかしている。楽しそうな笑い声を聞きながら、なんとか引っこめようと苦心していると、そんな時に限ってダニエルがこちらに気がついたように目を向ける。子供たちに別れを告げてアレクシスのほうへやってきた。

（今寄って来なくてもいいのに……）

目の前まで来ると、ダニエルは怪訝《けげん》そうな顔をした。

「どうした？　歯痛を我慢してるみたいな凶悪な顔になってるぞ」

「なんでもありません」

無事に涙を引っこめることに成功し、アレクシスはダニエルの姿をあらためて直視した。

「ミリアム」の姿はまだ見慣れない。身長は百七十センチくらいだろうか。黒々とした長いまつ毛にふちどられたたれ目の瞳は、柔和《にゅうわ》で女性的な印象を与える。

アレクシスはダニエルに傘を差しかけながら言った。

「ブラッグさんは、母親似だったのですね」

ミリアムというのは、ダニエルの母のことなのだ。

「まあな。父親は金髪碧眼《きんぱつへきがん》だったが、まるで似なかったな」

「――それで、なにか収穫はありましたか？　式典会場には潜入できそうですか？」

「それ自体は別に難しくない。建物の見取り図は手に入れたから、闇取引の場所の見当はおおよそつくしな。情報不足は否《いな》めないが、まあなんとかなるだろ」

まるで天気の話でもするような調子で言う。ダニエルにとっては、こんな危険な任務は日常茶飯事なのだろうか。

「そうですか。じゃあ、余計な真似だったかもしれませんね。実は、平和式典に正面玄関から堂々と入場する権利を手に入れたのですけど」

「なんだって？」

アレクシスはきまり悪げに告げた。

「実は俺――スワールベリー本家の嫡男《ちゃくなん》なんです。アレクサンダー・スワールベリーは曽祖《そうそ》父《ふ》です」

ダニエルは眉ひとつ動かさなかった。アレクシスはため息をつく。

「……知っていたのですね？」

「ああ。事前にマレットから聞かされていた」

「だったら、そう言ってくだされればいいのに……」

今まで隠そうとしていた自分が馬鹿みたいではないか。

「お前自身が言わないことを、オレが持ち出す理由はないだろ。そもそも、なんで隠す？ アレクサンダーと比べられるのがいやだからか？」

「ええ……俺は曽祖父に似ていると子供の頃から散々言われてきたので、同じように偉大な魔法使いになって当然と思われるのに辟易《へきえき》しているというのが、まあ、理由のひとつです」

「安心しろ」ダニエルは平坦《へいたん》な口調で言った。「全然似てねーから」

アレクシスは目を丸くした。

「曽祖父に会ったことがあるのですかっ？」

「オレは魔法捜査局にいたって言っただろ。魔法庁はもともと、戦後のゴタゴタを処理するためにアレクサンダーが盟友《めいゆう》たちと設立した組織なんだよ。アレクサンダーはどこにも属さず、権力に支配されない立場を公然としていたから、その経緯は伏せられていたけどな。魔法捜査局はアレクサンダーと連携して動くこともあったし、捜査官が大勢駆り出されるような大捕り物もあった。オレも下っ端ながら参加したよ。英雄の姿もこの目で見たさ」

曽祖父が亡くなったのは二十三年前だ。ダニエルはまだ十代のはずである。まさか、アレクサンダーその人と会ったことがあるとは思いもしなかった。

「どんな人でしたか？　アレクサンダーは」

「んー……」

期待をこめて聞くと、ダニエルは記憶を探ろうとするように間を空けた。

「女好きの色男だったな」

アレクシスは咳きこんだ。

「お前と共通点があるとすれば、髪と目の色、背格好と魔力量くらいか。遠目に見たら確かに似ているかもな。だが、他は別人だぞ。アレクサンダーは自分が他人《ひと》を惹《ひ》きつけてやまないことを知りつつ、その効果を狙って魅力的にふるまっているような印象だった。自己演出がうまいというか……まあ、それぐらいしたたかじゃなきゃ、戦中戦後の混乱の時代に人心掌握《じんしんしょうあく》なんてできるはずないだろうしな。普段は愛嬌《あいきょう》があって親しみやすい人柄だと評判だったし、老若男女《ろうにゃくなんにょ》問わずえらくモテてたな。オレの好みじゃなかったが」

「はあ……」

そんなことは聞いていない。

「知っていますよ……俺が曽祖父みたいな器《うつわ》や求心力をちっとも備えていないってことは」

がっくりした調子で言うアレクシスを、ダニエルは軽く笑った。

「いいだろ、別に。お前はひいじーさんとは違うんだから。お前が英雄の曽孫《ひまご》だろうが、オレにはどうでもいいさ」

確かに、ダニエルはこれまでずっと、アレクシスをただの見習い魔法使いとしてしか扱わなかった。

「――で、お前がスワールベリー家の人間だからなんだって？」

そう聞かれて、本来言おうとしていたことを思い出した。

「はい。実は、平和式典に母が招待されていたのです。欠席するそうですけれど。代わりに、俺が当主代理として出席することになりました」

「い、い、いなりました？」

不機嫌そうにじろりとにらまれる。けれども歓迎されないのは承知の上だったので、真っすぐに見つめ返して言った。

「ええ、そうです。式典に招かれることは、ブラッグさんの任務とは関係のないことですから。でも、会場で来賓客《らいひんきやく》に危害が及《およ》ばないように、こっそり防護結界を張ったりはするかもしれませんね。あくまで俺の、本当に個人的な自由意思によるものですけど」

ダニエルは難しい顔のまま沈黙してしまった。

どうしたものか……。アレクシスは口調を変えて、本心を告げた。

「ブラッグさんの仕事に軽々しく首を突っこむような真似はしません。ですが、罪のない人々が犠牲になるかもしれない危険を知りながら、なにもしないでいることには耐えられないのです。決して、邪魔になるようなことはしませんから」

ダニエルは視線をはずし、駆け回る子供たちのほうを見た。

「お前がそういう考えをする奴だってことは、わかってたよ」

そして、嘆きともあきらめともつかないような息をもらした。

「招待客には、連れの同行も認められているのか？」

一瞬の間をおいて、提案を受け入れてもらえたのだと気がついた。

「はい！　同伴者は来賓が身元を保証しているという暗黙のルールなので、安全確実に会場入りできますよ」

嬉しそうににこにこするアレクシスを見ながら、ダニエルはぼやくような調子で言った。

「なんというか、お前はほんとーうに優秀で良い働きをする奴だよなぁ」

「全然褒められている感じがしませんけど」

「なら素直に言ってやるよ。ありがとう、助かるよ」

皮肉ではなく、本当に素直な気持ちで言ったようだ。紫色の瞳には笑みの色があった。

「雨、止《や》んでるぞ」

ダニエルに言われて気づき、アレクシスは傘をたたんだ。この国の雨季は降ったり止んだり忙しい天気だ。

「ところで、パーティーに出るのはいいが、お前は大丈夫なのか？　来賓のほとんどは女連れだぞ。そのうち、挨拶に抱擁《ほうよう》やキスをする習慣の人間は半数近くに上るだろ」

「そうなんですよね……」

アレクシスはとたんに暗澹《あんたん》とした気分になった。

握手程度ならどうにか笑顔で済ませられるのだが、それ以上の親密な挨拶はできる気がしない。というか、絶対に無理だ。相手と触れ合った瞬間に卒倒《そっとう》するか……五秒後に卒倒するかのどちらかだろう。

なんとか回避する手立てはないかと頭を抱えるアレクシスを眺めながら、ダニエルはあごに手を当てて考えるように言った。

「お前のそのトラウマだけどな、治す方法がなくはないと思うぞ」

「本当ですかっ？」

「まあ、今日明日にどうにかなるってもんでもないだろうが……」

そう言うとダニエルはあごから手をはずし、人差し指をクイイッと自分のほうに折り曲げた。

「？　なんですか？」

「お前、ちょっとこの姿のオレに触ってみろよ」

「はいいいぃぃぃ――っ!?　いきなりなんなんですかっ？」

動揺のあまり、傘をとり落とした。

「なにって、練習だろ。肩でも頭でもどこでもいーから、ほら」

「ほらってそんな、突然言われても……っ！」

顔色を失ってあわてふためくアレクシスに、ダニエルは「落ちつけよ」と平板な声で言う。

これが落ちついていられようか。挑戦する前から冷や汗をかきそうだというのに。

「大丈夫だ。オレはお前を傷つけたりはしないから」

ダニエルはアレクシスの瞳を見ながら静かに言った。そこに、揶揄《やゆ》するような感情は一切含まれていない。

アレクシスが当惑していると、ダニエルは両目を閉《と》じてしまった。黒い羽根でできた扇を伏せたような、ふさふさなまつ毛だ。頭にかぶったストールからこぼれ出ている長い黒の巻き毛は細い首や肩に落ちかかり、襟もとからは鎖骨《さこつ》がのぞいている。あまり意識しないようにしているが、もちろん胸には豊かなふくらみもある。どう見ても大人の女性だ。たとえダニエルが化けているにしても。

ダニエルは黙ったまま、まったく動かない。アレクシスが触れるまでそのままでいるつもりなのだろうか。とまどいつつも、なんとか前向きに考えようとしてみる。

(肩くらいなら、平気だろうか……)

人混《ひとご》みで女性と肩がぶつかるくらいは問題ないのに、ここまで緊張するのもおかしな話だ。

だが、自分から意識的に行おうとすることに抵抗があるのだ。

「えぇーと……じゃあ、触りますよ……?」

ビクビクしながら言うと、ダニエルは目を伏せたまま答えた。

「ああ。いつでもどうぞ」

恐る恐る、じわじわと手を伸ばしてみる。人から見たらさぞや滑稽《こっけい》だろう。けれども自分にとっては、冬眠中の熊に触ろうとするくらいの恐怖(女性には失礼だが)なのだ。

かなりの時間をかけて、ようやく右手の指の先が左肩に触れた。手のひらが肩に触れるには、さらに相当な時間がかかった。そのあいだ、ダニエルは微動だにしなかった。びっくりするほど根気強い。

「そのまま、右肩も触ってみな」

アレクシスを脅《おど》かさないようにか、小声でそっと言う。

やがてアレクシスが「ミリアム」の両肩に手を置くことに成功すると、ダニエルはゆっくりまぶたを起こした。

「よくできたな」

褒めているのではなく、感想だ。アレクシスは石みたいに硬くなり、今にも倒れそうに青ざめている。手にはじっとりと汗をかいていた。

「これでは無理ですよ……」

アレクシスはダニエルから離れると、ふらつく頭を押さえた。

「まあ、あきらめるな。両手を出してみろ」

ダニエルは自身も胸の前に手を差し出した。右手のひらを下向き、左手のひらを上向きにしている。

「触れなくていい。手のひらを合わせるように、腕を前へ」

一体なんの儀式か。アレクシスは言われたとおりにして、互いの手のひらが拳《こぶし》一《ひと》つ分くらいの距離を空けて向き合う形になった。

「そのまま、右手から相手の左手へ、自分の魔力を流しこみ、左手でオレの魔力を受けとるようにしてみろ」

「へ……」

ダニエルはなにをする気なのだろう？　わからないが、右手に魔力を集中してみる。

「あまり正確に操ろうとするな。体内をぐるぐる魔力がめぐっている想像でいい」

「はあ……」

ぐるぐる、ぐるぐる——手のひらを媒介《ばいかい》して魔力が環流していくイメージ。だんだんと手のひらがあたたかく感じられてくる。

「どんな感じがする？」

「なんというか……眠いです。暖炉のそばで安楽椅子《あんらくいす》に座っている時みたいに……」

「寝るな。大丈夫そうなら、オレの手と自分の手を合わせてみろ」

不思議と、あまり抵抗を感じなかった。ゆっくりとダニエルの手のひらへと距離を縮めて、ぴたりとくっつく。すると魔力のエネルギーをより強く感じ、心地よさにますます眠くなってくる。

「手の向きを変えて、次は逆回転」

そうやってしばらく魔力を流し続けた。ちなみに、先ほどまで遊んでいた子供たちが興味深そうにふたりを眺めているのだが、アレクシスは気づいていない。

「はい、終了。気分はどうだ？」

「その……すごくすっきりしていて、体が軽いです。瞑想法《めいそうほう》をやった時みたいに」

「もう一度、オレに触ってみろよ」

アレクシスは腕を上げて——あっさりとダニエルの肩に触れることができた。

「あれっ？」

先ほどと違ってまったく怖くない。いや、そんな馬鹿な。

「大丈夫でしょう？」

ダニエルは、わざと女性らしく微笑んでやわらかな声を出した。

「試しにハグしてみたら？」

アレクシスは半信半疑のまま、ミリアムの姿をしたダニエルの背中に腕を回してみた。平気だ。両手でぎゅっとしてみる。平気だ！　衣の下の肌の感触や体温まで伝わってくるというのに、信じられない。

「どういうことなんです……？」

驚愕のあまり、なぜか抱き合った状態を維持したままアレクシスは呆然と言った。ちなみに、子供たちがさらに面白そうな目で見ているのだが、やっぱりアレクシスは気づいていない。

ダニエルはアレクシスの腕のなかでじっとしたまま説明をした。

「恐怖の正体はなんだと思う？　相手が自分を傷つけるのではないかという不安だ。それは、相手が自分を傷つけないと知ることで解消される。魔力のエネルギーは、人間の持つ性質そのものだ。互いの魔力を感じ合えば、互いの本質を理解し合ったのと同じ。恐れることはないのだと、本能でわかる」

そうなのか……。

「でもそれって、いちいちこの工程を行わないとダメですよね？　相手が魔法使いでないとできないし……」

「オレが言っているのは、手段じゃなく根本的な話さ。お前の恐れの対象、その正体はなんだ？　怖がる必要はないと、ただ自分で気がつけばいい」

「でもそんな、簡単にできることじゃ……」

「簡単だとは言ってない。だがそこから抜け出したいと思うのなら、目を背けずに対象を見つめるしかない。綱渡りで転落した大道芸人は、どうやってそのトラウマを克服すると思う？　また、綱渡りに挑戦するのさ。何度も何度も綱の上を歩き、『大丈夫だ』という体験をくり返し味わう。そうすればいずれ恐怖は薄れ、『本当に大丈夫なのだ』と信じることができる」

ダニエルが、本心から励《はげ》ましてくれているのがわかった。

それまでアレクシスの女性恐怖症について、こんなふうに言ってくれた人はひとりもいなかった。みなが困惑し、同情し、時には嘲弄《ちょうろう》され——アレクシス自身、どうすれば良いのかわからずに何年も持て余し、葛藤《かっとう》や自己嫌悪にさいなまれていたというのに。

「アレクシス様——っ！」

不意にアヒムサーの声がして屋敷のほうを見ると、彼が窓から手をふっていた。その背後にはフェルディナンドの姿も見える。

「ご主人様がお帰りになられたので、お茶にしましょう。あなた様にいただいた緑茶を淹《い》れました」

「おやおや！　申しわけない！　お邪魔をいたしましたかな？」

フェルディナンドの言葉に、アレクシスはようやく「ミリアム」を抱きしめたままだということに気がついた。さらに、周囲の子供たちが向けている好奇の視線にも気がつく。赤面し、ものすごいすばやさでパッとダニエルから離れた。

（また誤解された……！）

そのままくずおれて地面に突っ伏したい心境だったが、そういうわけにもいかないので、羞恥《しゅうち》をこらえながら傘を拾って邸内へと向かう。

「お前がやったお茶だって？」

後ろからダニエルが聞いてきたので、アレクシスは力なく答えた。

「ああ、ヒイズル国のギョクロという高級緑茶です。手持ちの荷物ではそれぐらいしか差し上げる物がなかったので」

もとは徒弟実習初日にダニエルに渡そうと用意していた手土産《てみやげ》である。これまでの旅路でゆっくり茶を淹れる機会などなかったし、今後も出番はなさそうなのであげてしまったのだ。

「緑茶《グリーンティー》か……昔ヒロタ先生が飲んでいたのをもらったことがあったが、とにかく苦かった記憶しかないな」

「熱湯で淹れていたのではないですか？　緑茶は冷水で抽出《ちゅうしゅつ》したほうがおいしいのです。さっきアヒムサーに淹れ方を伝えたので、きっと渋味のない、甘くまろやかなお茶が飲めますよ」

そう言うと、アレクシスは中庭の子供たちをふり返って淡く微笑んだ。

「クータスタ人の口にも合うようだったら、この屋敷にいるみなさんにもふるまってくれるように、頼んでみましょうか」

第九章

平和の在りか

「魔法使いとしての自分に価値がなくなったとしても……
ひとりの人間として生きていけばいいだけですから」

THE ROAD TO WIZARD

「太陽精《ヘリアデス》に、黄金と獅子《しし》と心臓の印《しるし》……火精霊《サラマンダー》の移行に一秒切るには、次の紋様までの三メートルを四・五秒以内で通過するとして……」

終戦五十周年を祝う平和式典当日。会場であるクータスタ王家の宮殿へ向かう馬車のなか、アレクシスはぶつぶつとつぶやいていた。

「創作魔法が未完成なら、無理に使わなくてもいいだろ」

はす向かいに座ったダニエルが言った。車中にはふたりしかいない。そのせいか、久しぶりに小柄な黒髪の少女の姿をしている。凛《りん》としたアルトの声を聞くのも少々懐《なつ》かしいが、同時に落ちつかない感じもする——残念ながら、女性姿のダニエルにアレクシスが身がまえずにいられたのは、あの日一日だけだったのだ。

「いいえ、ちゃんと完成はしているのですが、なにしろ初めて行く会場で誰にも気づかれずに魔法陣を描くことができるか心配で……繊細な術式なので、限られた時間内に正確に描かないと効力を発揮しませんし」

アレクシスはこらえきれずにあくびをした。この魔法を創るのに、この四日間ほとんどかかりきりだったのだ。眠気の残る頭に手をやろうとし、寸前で思い留《とど》まった。今日は正装して髪も整髪料《ポマード》で整えてあるのだ。

「必要になるかもわからないってのに、ご苦労なことだな」

「準備が無駄になるなら、それに越したことはありませんよ。でも、なにか起こった時に来賓《らいひん》が人質にとられる可能性はありますよね？」

ダニエルはなにも言わなかった。つまり、イエスということだ。

「ずっと考えていたのですけれど……」

アレクシスは、ダニエルの顔から反応を読みとろうとしながら言った。

「どうしてわざわざ、式典の開催中に闇取引が行われるのか——それは、招待客のなかに過激派組織に加担している人物がいるからではありませんか？　だからこそ、魔法捜査局も極秘に動いているのでは？」

今回呼ばれている客はみな、世界各国の要人だ。もしもそのなかにテロリスト集団とつながっている者がいたとしたら、国際問題に発展してしまう。そんなことが表沙汰《おもてざた》にできるはずがない。

「……あまり、深読みをするなよ、優等生」

ダニエルは表情を変えないまま、ゆっくりと言った。

「お前がそんなにがんばらなくてもな、プロの捜査官もこっちに向かってる。自分の身の安全の確保だけしとけ」

「魔法捜査局の応援部隊が来ているのですか？」

快報だ。ダニエルが孤軍奮闘する事態が避《さ》けられるのなら、ひと安心だ。

「ジュリアの独断でな。捜査局では内通者の特定ができずに、上層部が延々揉《も》めているらしい。結局クータスタに向かう許可が下りないまま、チームの仲間と非公認でこっちに来ることにしたそうだ」

「えっ……それって、大丈夫なのですか？」

「オレも無理するなとは言ったんだがな。全員辞表を提出することになんなきゃいいが。まあ、あいつらはみんな腕利《うでき》きの精鋭《せいえい》だから、そうそうクビにもできないだろ。力を借りられるのならオレも助かる」

「安心していいのか、心配したほうがいいのか、わかりかねるお話なのですが……」

ダニエルは座った足を組みかえながら――ワンピースの裾《すそ》から白い膝《ひざ》がのぞきそうになったので、アレクシスはあわてて目をそらす――考えるように言った。

「だが、ジュリアたちに頼れるかは五分五分だな。政府の協力なしに式典会場までたどり着くのには時間がかかる。昨夜届いた連絡では、まだ彼女たちはプンダリーカに着いてはいなかった。肝心の場面に間に合うかは微妙なとこだな」

それを聞いて深刻な面持ちになるアレクシスに、ダニエルは軽く言った。

「ところで、お前の恐怖症対策は大丈夫なのか？」

話題を変えるためなのだろうが、その話はあまりして欲しくなかった。

「大丈夫です。対処法を考えてきました」

とはいえ、苦肉の策である。気分は明るいとは言えない。難解な創作魔法の術式を間違えずに書くことよりも、女性と問題なく挨拶を交わすことのほうがよほど重圧を感じているかもしれない。

とたんに死刑宣告を受けたかのように青い顔になったアレクシスは、膝の上で拳《こぶし》をにぎりしめて、ふうぅ――っと緊張の息を細く吐き出す。ダニエルは苦笑した。

「まあ、がんばれ。健闘を祈ってるよ」

アレクシスは端整《たんせい》な少女の顔を見た。会場内に首尾よく入れたら、ふたりは別行動なのだ。

ダニエルは単身宮殿内部に潜入して闇取引の現場を突き止め、テロ計画に使われる兵器を過激派組織デウム・アドウェルサの手に渡る前に処分しなければならない。

「俺も、今日という日を無事に終えられるように願っています。どうぞお気をつけて」

＊

エリシウム独立戦争終戦五十周年記念式典。平和を祝う祭典には、世界各地から多くの要人が招待されている。新聞に肖像画や顔写真が載ったことのあるような人物ばかりなので、アレクシスにも誰が誰だかすぐにわかるほどだ。

（こんなところで事件が起こったら、大騒動になるよな……）

とにかく、なにがあっても死人を出すわけにはいかない。それがきっかけで戦争が起こるような事態に発展しないとは言えない——むしろ、それこそが過激派組織の狙いかもしれないではないか。

（絶対に、そんなことは阻止しないと）

とはいえ、平和式典は滞《とどこお》りなく進んでいった。

かつて王族が祭儀の場として使っていた巨大な吹き抜けの大広間に、次々と到着する来賓が列座した。クータスタ王の式辞に始まり、各国代表の挨拶がなされ、それぞれが平和を末永く願う言葉を厳粛《げんしゅく》に述べていく。アレクシスは静かに耳を傾けながら、それらが本当に真実の言葉であればいいのにと、思わずにいられなかった。

この場に招かれた者たちはみな責任ある仕事に従事し、その務めを果たそうとするからこそ、それぞれの考えは相容《あいい》れなくなる。各々が利益を求め、保身を図《はか》れば、互いの要求は食い違うばかりだ。そうやって人々は争い続けてしまったのだ。

もちろん、戦争なんて誰も芯から望んではいないだろう。だが、壇上で聞き心地のよいことを言う者のどれほどが、利他の心を持ち合わせているだろうか。彼や彼女が語る平和が「自国にとっての平和」なのだとしたら、それは本当の平和とは言えないのではないだろうか……。

かしこまった儀礼的な式は終わり、客人はパーティー会場へ案内された。ちなみに宮殿の外でも大規模な祭りが催《もよお》されているらしく、プンダリーカへの観光客は相当な数になっているようだ。たくさんの市民の命が危険にさらされているかもしれないと思うと、アレクシスの緊張も弥《いや》が上《うえ》にも高まってしまう。

(落ちつけ。冷静にならないと、魔法陣はうまく描けない)

まだ、なにも起きてはいない。なにか起こると決まったわけでもない。

幸いなことに、立食パーティーだ。会場内を歩き回っても不審《ふしん》がられることはない。

よし、と気を引きしめると、床の感触を確かめるように靴の底をコツンと鳴らした。実は、靴底に小さな魔石を仕込んできたのだ。これなら床をすべるように歩くだけで楽に陣が描ける。

アレクシスは、まだひと数の少ない会場を悠々と歩いた。右と左の足で円陣を描き、袖《そで》のなかに隠し持っていた伸縮式の細い杖《つえ》ですばやく床に術式を書き出していく。

この作業のために、衣装には人に気づかれない工夫を施《ほどこ》してあった。普段から羽織っている生成色《きなりいろ》のローブには裾にたっぷりとした布が縫い足してあり、床につきそうなほどの長さになっている。杖には認識阻害の魔法がかけてあるので、よほど注意して見なければ目には入らないはずだが、念のためだ。歩くたびにふわりと広がる裾が杖を隠す役目を担う。

そしてその布はもちろん、クータスタの職人が丁寧に手《て》刺繍《ししゅう》を施したヴァイカウント社自慢の品だ。ちなみに袖口と襟もとにも同じ刺繍をあしらっており、ローブの下に着ている貫頭衣《かんとうい》とズボンもクータスタ貴族風の装いだ。黒髪だからか、アレクシスは東方風《オリエンタル》な衣装がよく似合う。フェルディナンドお抱えのデザイナーが張り切って用意してくれた。

アレクシスは複雑な紋様を流れるようにすばやく描いていった。ヴィスコンティ邸の大広間を借りて、何度も何度もくり返し練習したのだ。目をつむっていてもできるくらいに、完璧に覚えている。

（南……東……北……よし、あと少しで一周……）

時おり給仕に不思議そうな目で見られはするが、まだ誰にも呼び止められてはいない。順調だ。あと三・五秒以内に出発点まで戻って陣をつなげば完了——とその時、背後から声をかけられた。

「やあ、スワールベリー領主殿のご子息ではありませんか？」

心臓がひっくり返りそうなほどドキッとしたが、なんとか残り一秒で魔法陣を描き切って杖を袖のなかに引っこめ、キュッと踵《きびす》を返して後ろをふり向いた。

（……気づかれていないよな？）

動揺を静めようと努めながら、声の主《ぬし》を確かめる。

「やはりそうだ。どうも、私はオベリア郡知事のランドンです」

三十代後半の、とても背の高い——アレクシスが見下ろされるくらいだから、百九十センチ以上だ――紳士が立っていた。短く刈りこんだ金髪に筋肉質の体躯《たいく》はまるで戦士のような印象を与える。友好的な笑みを浮かべてはいるが、明るい灰色の瞳《ひとみ》はどこかこちらを探るような油断ならない目つき……まあ、こういう場ではよくあることだ。

「こんにちは。ヒューバート・ランドン知事ですね、存じております。初めまして、アレクシスと申します」

内心で身がまえつつも、笑顔で握手の手を差し出した。

(オベリア郡知事も招待されていたのか……)

エリシウム共和国南部のオベリア地方は、首都ソルフォンスよりもオムニス帝国に近い位置にあり、戦争時には多くの犠牲者が出た。ランドン知事もみずからを反魔法派と公言し精力的に活動しているし、当然といえば当然か。

握手を終えると、アレクシスはゆっくりとランドンのとなりに立つ若草色のドレスをまとった女性に視線を移した。

「こちらは妻のステファニーです」

夫の紹介を受けてはにかむ彼女はアレクシスと同じくらいの年齢だ。赤茶色の髪を大人っぽくまとめてはいるが、表情はあどけなくかわいらしい。

なぜそんな若い女性と結婚しているのだ！　急に崖っぷちに立たされたような心境になる。

顔面に笑みを張りつけたまま、極力胸の開いたドレスを意識しないようにして右手を差し出した。

「初めまして、ミセス・ランドン」

「初めまして、お会いできて嬉《うれ》しいです」

よし、無事に握手を済ませられた。まるで大仕事を成し遂《な》げたかのようにほっとする。まあ、手をにぎるくらいならなんとかなるのだ。

ランドンは陽気な調子で話し出した。

「いやあ、和平実現を果たした英雄の末裔《まつえい》とお会いできるとは光栄です。メアリー様とは何度か会合の場でご一緒させていただいたのですが、なかなかお話する機会がなく……私のような者が気安くお声がけして良いものかと、少々気後れしてしまいましてね」

エリシウム国が君主制から共和制に移行した際、貴族の領地だった土地の多くは国家の管理下となり、地方自治制がとられるようになった。選挙によって選出された知事が各地方一帯の自治を任されている。任期は三年だが、ランドンは七年近く務めているはずだ。大学を出ていない唯一の郡知事で、その叩《たた》き上《あ》げの経歴により民衆からは絶大な支持を得ている。

ちなみに、アレクシスの故郷スワールベリーは地方自治制の枠に当てはまらない、スワールベリー一族所有の領地である。基本的には国の法律に準じているが、当主は領内において裁判権や租税《そぜい》の費途《ひと》・増減などを決定する権限を有する。そのため一般人にはお貴族様《ノビリス》などと揶揄《やゆ》され、特別待遇の権力者だというのが大半の見方なのだ。つまり、今のランドンの発言は当てこすりに他ならない。

(でも俺、こういうのには慣れているんだよな)

皮肉にまるで気がついていないように、アレクシスは品の良い笑みを見せておだやかに言った。

「母は立場や職種の違いなど気にせずに、誰とでも気軽に話せる人ですよ。それに、オベリア郡知事の謹直《きんちょく》な働きは、彼女も知るところです。ランドン知事ともきっと話が弾むでしょう」

肩透かしを食らったランドンは気勢をそがれ、つまらなそうに言った。

「お母上は、本日はお出《い》でではないのですか?」

「ええ、残念ながら。母は出席を強く望んでおりましたが、祖母の体調が思わしくなかったもので、そばについていて欲しいと私から頼みました」

少々事実を脚色してしまった。が、メアリーが日頃から国家間における友好関係の維持や平等社会の実現にとり組んでいるのだから、自分には名代《みょうだい》としてその意志をきちんと示す務めがある。スワールベリー家が平和記念式典を軽んじていると思われては困るのだ。

「私どもスワールベリーは、平和を尊び、それを真実永劫《しんじつえいごう》のものにしたいと心から願っております」

アレクシスは心をこめて言った。まぎれもない、本心からの言葉だ。

ステファニーは同調するように微笑《ほほえ》んだが、ランドンの視線は冷たさを帯びた。

「高名な魔法使い一族のお言葉とあれば、頼もしい限りですね。我が国では国家の安全保障を担う魔法庁という優秀な機関もある。我々の未来にはなんの憂《うれ》いもない」

政治家には魔法機関に反感を持つ者が多い。魔法庁がかなりの税金を使っているので無理からぬことなのだろうが――しかし、ランドンの嫌味につき合うのにも飽《あ》きてきたぞ。ここで話を切り上げては機嫌を損ねるだろうし、どうしたものか。

ランドンは挑戦的な目を向けてきた。

「いずれ貴殿の耳にも入ると思いますが……先頃、ノースオベリアで魔法戦争時に使用された兵器が押収されました。国内にひそんでいたオムニスのテロリストが隠し持っていた物のようです。幸い犠牲者はおりませんでしたが、破壊行為の跡はすさまじく、私もこの目で見て心底恐ろしく思いましたよ」

アレクシスは内心でぎくりとした。間違いなく、徒弟《とてい》実習初日に出遭ったマーシー・ヘザーの件だろう。

「終戦以来、魔法による争いや危険を撲滅《ぼくめつ》するべく、政府はあらゆる法や対策を施行して参りました。しかし五十年経《た》った今でも、魔法使いによる暴力はなくならない。魔法を使えない民にとっては、未《いま》だに安全な生活を脅《おびや》かす恐怖の対象であることに違いありません」

ステファニーがおろおろとした様子で夫とアレクシスの顔色をうかがっている。ランドンを止めるべきか悩んでいるようだが、こんな直情的な男が簡単に引き下がるとも思えない。

「魔法使いを非難しているつもりはないのです。ただ私は、無力な民の声を聞く者として事実を受けとめ、問題解決に向けて現実に闘わなくてはならない立場にあるのです」

非難しているつもりはない——そのわりに、ランドンの目には魔法使いに対する怒りと嫌悪《けんお》が色濃く表れていた。

それも、仕方のないことなのだろう。魔法戦争による多大な犠牲と爪痕《つめあと》は言うまでもなく、魔法使いの特権階級と差別待遇のなごりも未だ根強いのだ。実際に知事としてそれを目の当たりにするランドンからしたら、自分のようななにも知らない若輩者の魔法使いに軽々しく平和の理想を語られたくないのもうなずける。

だからこんなふうに敵意を向けられても、アレクシスは熱くなったりはしない。

ただ……悲しいだけだ。

魔法を使えない人々は、魔法使いを赦《ゆる》せないでいる。敵対していたオムニス人との軋轢《あつれき》だけでなく、同じエリシウム人であってもこうなのだ。そして、それは一体、いつまで続くのだろう？

（なにか、気の利《き》いたことを言わないと）

客観的な見方をすれば、ランドンのような男は民にとっては良い知事なのだと思う。正義感にあふれ、権威におもねることなく否《いな》と唱《とな》えられる。だが、ここでそれを認めて柔軟な態度がとれるほどには……アレクシスは大人ではないのだ。

とっさの対応にためらっていると、背後からやわらかな声がかけられた。

「せっかくの華やかな宴《うたげ》の場なのに、殿方が深刻な顔をしていては台なしですよ」

ふり向いて、アレクシスは目を見張った。落ちついた紫色のドレスに身を包んだ貴婦人はよく知る人物だった。

「アドラム校長」

グラングラス魔法学校校長のラベンダー・アドラムは、淡い菫色《すみれいろ》の瞳をアレクシスに向けて微笑んだ。

「ごきげんよう、アレクシス君。東方《オリエンス》風の装いで来るなんてすてきねぇ、見違えたわ。ランドンご夫妻も美男美女で、本当にお似合いのご夫婦ですこと」

にっこりと、だが迫力のある笑顔で言う。きれいにまとめ上げた髪はすっかり銀色になっているが、顔立ちは四十代にしか見えない。五十年前の戦争も経験しているらしいので、実際はかなり老齢のはずなのだが……その正体は謎に包まれた魔女である。

「ランドン知事、あちらに内務大臣がいらっしゃっておりますわよ。むつかしいお話がしたいのなら、まだ学生のこの子を相手にするよりも、きっともっと有意義な時間がすごせるでしょう」

ゆっくりと釘《くぎ》を刺すように言うアドラム。ランドンはムッとした顔を見せたが、礼儀正しく挨拶をして妻とともに去っていった。

「ああいう子には困ったものねぇ。血気盛んなのは結構だけれど、こんなところでけんかを売るなんて野暮《やぼ》ったらないわ。あなたも律儀に相手してあげずに、軽くあしらってやればいいのですよ」

余裕たっぷりの表情でこちらに微笑みかけるアドラムに対し、アレクシスは複雑な心境だった。

「助け舟をありがとうございます。ですが……知事のおっしゃったことはもっともだと思います。私が返答に困ってしまったのは、自分が未熟だというだけのことで」

「あいかわらず、真面目《まじめ》なのねぇ」

愉快そうに笑われたので、アレクシスも苦笑混じりに返した。

「魔法使いは真理を知る者だと、偉大なる魔法学校で教わっていますから。たとえ耳が痛い言葉であっても、事実として受け入れますよ」

けれど、胸の奥がチリチリといやな痛みに傷ついているのも事実だった。

こういうことがあると、本当に世界平和の実現はほど遠いな、などと皮肉めいたことを思ってしまう。真の平和が叶《かな》えられていないのは、きっと魔法使いのせいばかりではない。一般人と呼ばれる人々が魔法使いを赦してくれる日がこなければ、互いの溝は永遠に埋まらないのではないだろうか。

（ああ、ダメだ。こんな考えをしていては……）

ダニエルが命がけで人々を救おうとしている時に、自分はなにをぐだぐだと悩んでいるのだ。

「ところで、アレクシス君？　あなたはここでなにをしているのかしら。ダニエル・ブラッグのもとへ徒弟実習に行ったまま、行方《ゆくえ》知れずになったと聞いていますよ？」

ぎくっと体を硬くするアレクシス。アドラムは手に持った扇を口もとに当て、にんまりと笑う唇《くちびる》を隠しながら続けた。

「あなたがクータスタに入国したという知らせは受けていないのだけれど……不思議だわぁ、どうやってここまでやってきたのかしら？　ダニエルは一緒ではないの？」

（しまった。これなら知事に捕まっていたほうがマシだったかもしれない）

こちらが焦っている様子をあきらかに楽しんでいる。この女性《ひと》はこういう性格なのだ。

「アドラム校長は……なにかご存じなのでしょうか？　ブラッグさんのもとへ向かった時、私に監視をつけていたのは魔法学校だったのですよね？」

困った時の社交術その一。答えられない問いには逆に問い返す、だ。徒弟実習の初日、制服の胸ポケットにバッタがひそんでいたことを思い出しながら言った。

あのバッタは本物の虫ではなく、守護魔法が具現化したものなのだ。バッタの目をとおして離れた場所から対象者を見守ることができ、いざとなれば防護魔法が発動して敵からの攻撃を防いでくれる。ただし効果は一回限り、使い捨ての魔法だ。

「魔法捜査局から協力を要請されたのですよ。かわいい生徒を犯罪捜査に関わらせるのはどうかと思ったけれど、ダニエルがついているなら心配ないと判断したの。でも、それは間違いだったかしらねぇ。結局あなたとは連絡がとれなくなってしまったし、今回この式典に出席するはずだった魔法庁長官も来ていないのですよ。大事な大捕り物に失敗してしまったのかしらねぇ？」

アドラムの口調にアレクシスは引っかかりを覚えた。まるで魔法捜査局の失態を喜んでいるように聞こえる。どうしてそんな薄情なことを言うのか――と思ったところで、アドラムがエリシウム魔法協会の役員であることを思い出した。母から聞いたことがある、魔法庁と魔法協会は折り合いが良くないのだ。

政府機関である魔法庁の魔法公務員は、公僕《こうぼく》として国民の安全のために従事しているのに対し、魔法協会役員は魔法と魔法使いを管轄《かんかつ》し、その意義と権利を守るために動くことが多い。双方のあいだでは見解の相違があり、反目することも少なくない。特に魔法協会は、メアリーによれば「保守的で復古主義の年寄り連中ばかりで、ろくな人間がいない」らしい。

（大人って、どうしてこうなんだろう……）

うんざりとした気分になってくる。

できることなら熟練の魔法使いである彼女にも手を貸してもらいたかったが、どうやら事情を打ち明けるのはやめておいたほうが良さそうだ。かえってダニエルに迷惑がかからないとも限らない。

「校長。私はまだ、徒弟実習の途中なのです。師匠の仕事の内容はもらせないので、ここで私と会ったことはどうかご内密に。実習終了後に、師の許しが得られたらご報告させていただきますので」

「あらあら、やあねぇ。七年も在籍している学校の校長よりも、期間限定の師匠に従うのですか？」

（意地の悪い言い方をするなあ）

「誰に従うかではなく……私自身がなにを選ぶか、でしょう？　自分の行動は自分で決めますし、なにかのせいにするつもりもありません」

きっぱりと、挑むような心づもりで言った。

——あ、しまった。目つきが悪いせいで、反抗的な態度に見えてしまったかもしれない。

今からでも微笑むべきか、いやもっと悪そうに見えるか、などと逡巡《しゅんじゅん》していると、アドラムはホホホホ、と女王のように高らかに笑った。

「あなたのそういうところ、あたくしは買っているのですよ。いいわ、アレクシス君の姿は見なかったことにしてあげる。もちろん、さっきあなたが一所懸命に描いていた魔法陣についてもね」

そう言うと、アドラムはパチンと扇を閉じて優雅に去っていった。

本当に、食えない人だ。ダニエルが「タヌキ」と称するのも納得してしまう。

（さて、あとは魔法の起動準備をしておこう）

アレクシスは会場の中央へと向かった。魔法陣の内側にいればいつでも魔法の発動はできるが、中心部で待機しているのが一番望ましい。

この魔法陣はどのような攻撃魔法が襲ってきてもいいように、九つの属性の防護魔法が発動する仕組みになっている。

通常、ひとつの魔法陣に相反する術式を組みこむと、魔法が反発し合って暴走する危険があるため、避けるのが妥当《だとう》とされている。しかしこの会場が広いこともあり、相性の良い精霊をとなりに配置してぐるりと円を描くことで、互いの力を緩衝《かんしょう》する様式を作り出すことに成功した。残念ながら自動で攻撃を防ぐようにはできていないので、術者が攻撃魔法の種類を判別して術式を起動しなくてはならない。その上、防御中は常に大量の魔力を送り続けないと効果を維持できない。だが一から長い呪文を唱えて対抗するより、迅速かつ確実に広範囲の人々を守ることができる。前回、地下道で襲われた際になにもできなかったことに危機感を覚え、知恵を絞って考案したのだ。

魔法陣の中央にいれば、どの術式にもすばやく魔力を送ることができる。パーティーが終わるまでそこに陣どるつもりだった。願わくは、これ以上声をかけられて別の場所へ誘われたりしませんように。

テーブルの上に並んだ料理を選ぶふりをしながら立っていると、ドンッと、背中に誰かの体がぶつかってきた。会話に夢中になっていた集団のひとりがこちらに気づかず当たってしまったらしい。

「おっと、失礼」

謝罪の声はオムニスなまりの発音だった。相手の顔を確かめて、アレクシスは内心うわっ、となった。

「おぉー！　君はアレクサンダーの身内じゃないか！　名前はなんと言ったかな？」

黒目黒髪にオリーブ色の肌、彫りの深い顔立ち。典型的なオムニス人の容姿をした青年は、誰が見ても貴族だとわかる格好をしていた。黒の礼装を華やかに飾る肩章《エポーレット》に金糸の飾緒《しょくしょ》、胸で輝くいくつもの勲章《くんしょう》。魔法使いの一族であるオムニス皇家の血を引く高名な公爵家の人間だ。外交使節団の随員《ずいいん》を務めるこの男のことは、アレクシスも何度か目にしたことがある。

「どうも、ロベルト・ウァロ卿《きょう》。アレクシス・スワールベリーと申します。以後お見知りおきを」

愛想よく微笑みながらも、面倒な相手と遭ってしまったと思っていた。オムニス貴族は気位《きぐらい》が高く、話が合わないことが多いのだ。

（いやでも、なにごとも決めつけてかかるのは良くないよな）

そう、平和の第一歩は友好にある。

「アレクシス！　そうか、よろしく。やはり、近くで見るとアレクサンダーの面影があるな。

式典の時にもすぐにわかったぞ」

自分はいつのまにそんな有名人になったのだろうか？　魔法学校に入学してからは、ほとんど外交の場には出ていないのだが。

不思議そうな顔をするアレクシスに、ロベルトは得意そうに続けた。

「なにしろ、君のご先祖様は今や誰もが目にするものとなったからな。大したものさ、神に代わって金《カネ》の紙になるとは」

周囲のオムニス貴族たちがどっと笑い声を上げる。アレクシスは（ああ……）とひとり納得した。

今年の初め、黄金の資源不足のために、長年使われていた金貨に代わって世界初の紙幣《しへい》が発行された。その絵柄に採用されたのが、英雄アレクサンダーの肖像なのである。それまで使われていたソリドゥス金貨には、オムニア教の信仰する最高神が描かれていた。オムニス人には面白くないと思う者も多いだろうとは思っていたが……まあ、ジョークのネタにされるくらいかまわない。

（誰でも目にするって、俺はまだ手にしたことないけどな）

ソリドゥス紙幣一枚で、約三ヶ月分のパンが買える。一介の学生がそうそう持てる物ではない。

なにも言わないアレクシスに、ロベルトは親しげに笑いかけた。

「気に障《さわ》ったか？　いやいや、冗談だよ。私はアレクサンダーを敬愛している。あれほど偉大な魔法使いはいないさ。アレクシス、君にも会えて嬉しいよ」

そう言って、ロベルトは両腕を伸ばしてきた。おっと、さっそくオムニス流の挨拶だ。

アレクシスが身をかがめてハグをすると、ロベルトは満足そうに笑った。その顔はやんちゃな子供のような自信と愛嬌《あいきょう》にあふれていて、周囲から好かれる魅力を持ち合わせた人物なのだとわかった。先ほどの言葉にも他意はなさそうだし、心から楽しんでいるのが伝わってくる。アレクシスは少なからず彼に好感を抱《いだ》いた。

ロベルトは周りの人々を紹介《しょうかい》した。みな、オムニス貴族の魔法使いだ。アレクシスはひとりひとりと笑顔で抱擁《ほうよう》を交わし——最後に若い女性が前に進み出たところで、その笑みは凍りついた。

「婚約者のエヴァだ」

ロベルトが自慢げに言い、豊かな黒髪と日に焼けた肌が魅力的な彼女が微笑みながらハグをしようと両手を持ち上げる。

アレクシスの頭のなかでは、なぜか非常事態の時に望楼《ぼうろう》で打ち鳴らされる鐘の音がカーン！カーン！　と鳴り響いていた。

『即刻退避せよ——!!』

——いや、落ちつけ！　こんな時に備えて、対策を用意していたではないか。

エヴァとの距離が目の前に迫った瞬間、アレクシスは彼女の眼前に右手を差し出した。手のなかにパッと、大きなピンク色の花が出現する。目を丸くするエヴァにアレクシスは言った。

「どうぞ。美しい婚約者様に触れるのは気が引けますので、代わりにこちらを。クータスタの花、蓮《ロータス》です」

エヴァは感激して蓮《はす》を受けとった。

「ありがとうございます。とってもすてき！」

やった！　うまくいった。

事前に、手のひらに転移魔法陣を描いておいたのだ。フェルディナンドの屋敷にある蓮池とつながっている。安堵《あんど》のあまり、思わずアレクシスはエヴァににっこりと微笑みかけていた。

ロベルトが感心したように言った。

「気取ったことをするなぁ！　さすが、色男でならしたアレクサンダーの曽孫《ひまご》なだけはある」

アレクシスの笑みは固まった。やめてくれ。

「その様子じゃあ、君はとてもモテるだろう。なにしろその血統だ。さぞ優秀な魔法使いなのだろうな？」

ロベルトはわくわくと興奮した調子で言う。魔法使いとしての実力があるからこそ、同じ仲間と出会えることが嬉しいといった様子だ。アレクシスは苦笑した。

「そんなことはありません。まだ学生の身で、精進している最中《さなか》です。曽祖父《そうそふ》には遠く及《およ》びませんし、多彩な魔法を駆使されるオムニスの方々にはとても敵《かな》いませんよ」

ロベルトは興をそがれたように顔をしかめた。

「そういう謙遜《けんそん》や世辞は好きじゃないな。エリシウム人は上辺ばかりの言葉を使いたがる。アレクシス、私は本音を口にする者でなければ信用に値しないと思っているぞ」

ずいぶんはっきりと物を言う。が、オムニス人のこういうところは好きだ。アレクシスは微笑んだ。

「失礼いたしました。では白状いたしますが、私はエリシウム国内一の魔法学校の首席を七年間守り続けております。入学してから一度もその座を誰かに渡したことはありません」

聞いていた者たちはおおーっと感嘆の声を上げた。

「ですが、実践経験《じっせんけいけん》が少ないのは事実です。オムニスの魔法使いに敵わないと言ったのは本心ですよ」

「なに、そんなものはすぐに追いつくだろう。そうだ、魔法都《マギア・メトロポリタ》に留学しないか？　なんなら推薦状を書いてやろう。学問ばかりのエリシウムの教育などより、よほど楽しく得るものがあると保証するぞ」

ロベルトは本気で言っているらしい。まだ知り合ったばかりだというのに、驚きだ。

オムニス皇家に連なる貴族にこんな誘いを受けるとは、光栄な話だろう。オムニス帝国の魔法使いにとっては最大級の名誉に違いない。アレクシスも少し前の自分だったら、心が動かされたかもしれない。

「ありがとうございます。そうおっしゃっていただけるのは嬉しいのですが……私は己《おのれ》の力量を高めることにさほど関心がないのです。学校の成績が良いのは、単に勉学に励《はげ》むのが好きだからです。曽祖父のように実践的な魔法を極めた魔法使いになりたいとは思っておりません」

「なぜだ？」

ロベルトは呆気《あっけ》にとられた顔をした。他のオムニス貴族たちもみな驚いている。

アレクシスはゆっくりと彼らのきらびやかな正装を見回した。階級と功績を示す徽章《きしょう》と勲《くん》章《しょう》で飾られた軍服姿――パーティーの場なので丸腰だが、普段は魔法剣《マギア・グラディオ》と呼ばれる殺傷力の高いサーベルを携帯している――は、自分との立場の違いを感じずにはいられない。

アレクシスはフェルディナンドの用意してくれた、クータスタの染め布で作った軽やかな白と藍色《あいいろ》の装束に、職人が刺繍を施してくれた生成色のローブを羽織っているだけだ。誰もがひと目でそれとわかる、魔法使いの象徴《しょうちょう》であるローブ姿。

「今の、平和な時代を愛しているからです。現在エリシウムでは、魔法学校を卒業しても就職に難儀するほど魔法使いの需要《じゅよう》が減っております。戦争がなくなり産業が発達するなか、だんだんと社会が魔法の力を必要としなくなっている。ですが、私はそれを平和な証《あかし》だと思い歓迎しているのです」

かつての戦乱の時代、魔法学校を卒業した者はみな戦場へ送られた。しまいには兵力の不足により、まだ子供の学生までもが駆り出され、犠牲となったのだ。グラングラス魔法学校に隣接した教会にもたくさんの墓標と慰霊碑《いれいひ》がある。

「君はアルブム教徒なのか？」

ロベルトが落胆《らくたん》したように言った。平和主義を掲げる魔法使いは聖アルブム教の信徒であることが多い。

「いいえ。どの宗教にも属しておりません」

「……理解できないな。この世から魔法使いがいなくなってもかまわないと言うのか？」

「それが必然であるなら。たとえ魔法使いとしての自分に価値がなくなったとしても……ひとりの人間として生きていけばいいだけですから」

ロベルトも、他の者たちも、一様に唖然《あぜん》としている。それはそうだろう。彼らにとって、魔法使いであることこそが存在意義であり、使命であり名誉なのだ。

とはいえ、アレクシスも実際に魔法使いは用なしだと言い渡されたら、さすがにショックを受けるだろう。心の奥底では、魔法使いとしての自分を必要とされたいと強く望んでいる。立派な魔法使いになることは、幼い頃からのかけがえのない夢だからだ。

けれど……世界にとって魔法使いがいらなくなるのなら、そのほうが良い。自分たちがその地位にしがみつこうとすれば、きっと、格差や隔《へだ》たりがなくなる日は来ないだろうから。

「アレクシス……君はまるで、隠者のようだな」

ロベルトはあきれと感心が入り混じった声で言い、他の者に向かって手をふった。

「少し、彼とふたりにしてくれないか」

周囲から人が離れると、ロベルトはいくらか声量を落として言った。

「君に、野望や挑戦心はないのか？　君くらいの年齢の者はみな、理想に燃えているものだろう。アレクサンダーの末裔で、広大な領土を所有する一国一城の主《あるじ》だ。それを活《い》かし、さらに飛躍《ひやく》したいとは思わないのか？」

「スワールベリー家は、貴国の魔法使いのような権限は持っておりませんよ。エリシウムでは、魔法使いが政治や権力と関わることは禁止されているのです。ご存じですか？　選挙の投票権すら持たせてもらえないのですよ」

アレクシスは肩をすくめてみせたが、ロベルトは笑わなかった。

「我らオムニスに生まれた魔法使いは、その才を神から賜《たまわ》った宝として誇りに思っている。授かった力は使うべきなのだ。君にはその機会が与えられている。それがどんなに幸運なことかわかっているのか？　宝の持ち腐れではないか」

ロベルトの目は真剣だ。彼が純然たる好意で言ってくれているのがわかる。それゆえに、なおさら困ってしまう。

「ウァロ卿……」

「それにな、アレクシス」

ロベルトは、どこか不穏な気配をただよわせて言った。

「君が言うように、魔法使いが無用となる日など訪れはしないよ。少なくとも、我らが生きる時代にはな。魔法による戦争はなくなったが、この世界を支配する力は未だ魔法使いの手にある。君の国、エリシウムだって例外ではない」

「どういう意味ですか?」

どこか、いやな感じがした。ロベルトの言う話が、単なる権力闘争についてではないのだという気がする。

「そのままの意味さ。魔法は、この世でなによりも強大な力だ。戦争時に使われた多くの魔法が禁術となり封印されていても、それが存在したという事実は消せない。いや、今も存在し続けている。ただ明るみになっていないというだけの話だ」

ロベルトは不敵な笑みを浮かべた。

「近く、君にも見せてやれるだろう。魔法が世界に及ぼす力の神髄《しんずい》を」

アレクシスの心に警戒が閃《ひらめ》いた。まさか、過激派組織デウム・アドウェルサとつながっているのは——

その時、建物が揺れ、壁の向こうから地鳴りのような轟音《ごうおん》が響いてきた。なにごとかと客たちがざわつくなか、アレクシスはハッとする。水精霊《ウンディーネ》の強い気配——それも、ものすごい数だ。

次の瞬間、会場の壁が破壊され、まるで水門が決壊したような量の水が押し寄せてきた。

人々がいっせいに悲鳴を上げる。アレクシスは瞬時に魔法陣の術式のひとつに魔力を注ぎこんだ。

「氷結《グラキアンス》！」

魔法陣が発光し、瞬《また》く間《ま》に水流が凍っていく。大波は会場を呑《の》みこもうとした形のまま凝固し、周囲から安堵《あんど》のため息がもれた。

しかし、アレクシスは肝《きも》を冷やしていた。まさかこんな大魔法を仕かけてくるとは。それに、氷魔法は高難度魔法なのだ。これほどの水を止めるにはこの選択しかなかったとはいえ、魔法の精度を維持するのには非常に神経を使う。

（しかも、向こうはあきらめていないし……！）

水の壁は固まった状態ながらも、ギシギシと揺れ動いて抵抗を示している。かなりの力業《ちからわざ》だ。

（術者はどこにいる？）

案の定というか、先ほどまでそばにいたはずのロベルトの姿は消えていた。だが、彼がこの水魔法の使い手かどうかはわからない。なにしろ目の前にいたというのに、ロベルトからはなんの前動作も察知できなかったのだ。

周囲に目を走らせると、壊れた壁の向こうへ走り去るロベルトとエヴァ、オムニス貴族一団の背中がちらりと見えた。会場の出口ではなく、宮殿の奥に向かうのか？　怪しいことこの上ない。

けれども追いかける余裕はなかった。今自分が魔法陣から出たら、氷魔法は崩れてしまう。いや、このまま防ぎ続けるのだって危うい。

氷の壁にバリバリと亀裂《きれつ》が走り、所々氷柱《つらら》のようになった箇所が壊れて天井から降ってきた。人々がまた悲鳴を上げる。

「今のうちに逃げてください！　水の届かない高台のほうへ、早く！」

アレクシスが叫ぶと、客たちはおののきながらも我先にと走り出した。混乱で騒然とするなか、水魔法に押されないようにありったけの魔力を魔法陣へと送りこむ。

（このまま、ただ防いでいるだけではダメだ）

次の手を打たなくては。魔法陣からは、一度にひとつの防御魔法しか発現できない。ならばそれを維持したまま、別の魔法を新たに発動するしかない。大規模な魔法を同時行使するほどの技術は習得していないのだが——方法はある。

「木精《もくせい》ドリュアス、我の呼び声に応えよ。光と風を受け萌《も》ゆる緑よ、今その命を芽吹《めぶ》かせ大地に根ざし、水災から我らを守りたまえ！」

呪文が完成する直前に、魔法陣へ送る魔力を断つ。とたんに氷が砕《くだ》け、大水が勢いをとり戻した。が、地面から生えてきた大量の草木が猛然《もうぜん》とその水を吸い上げる。激しい速度で急成長する植物があたり一帯に広がっていき、残った水も木々の葉にバシャン！　と打ち払われた。あとには攻撃力を失った霧状の雫《しずく》がパラパラと降《ふ》り注《そそ》ぐばかりとなる。

（やった……）

即席の戦法だったが、奇跡的にうまくいった。木魔法は一番得意だとはいえ、あんな大魔法に対抗したのは初めてだ。

アレクシスは周囲を見渡した。まだ避難できていなかった人々がざわめいてはいるが、次の攻撃魔法が襲ってくる様子はない。床に草木を生やしてしまったので魔法陣は損なわれ、もう防御魔法を発動することもできない。今攻撃されたら、こちらは無防備だ。だがなんの気配もしない。

（どうしてだ？　そもそも、なにが目的で会場が襲われた？）

ダニエルのほうでなにかあったのだろうか？　わからないが、居ても立ってもいられない。とにかく、唯一の手がかりであるロベルトたちが逃げた方向へ行ってみよう。

木々の合間を走り出す。しかし、すぐに足を止めることとなった。腕を押さえてうずくまっている初老の男性がいる。

「大丈夫ですかっ？」

近づいてみると、額《ひたい》にも裂傷《れっしょう》があり血を流していた。脂汗《あぶらあせ》をかいていて、かなりつらそうだ。放っておけるはずがない。

「どこが痛みますか？　診《み》せてください、治癒《ちゆ》魔法を使いますから……」

「あたくしが診るわ」

声に顔を上げると、ラベンダー・アドラムが立っていた。男性のそばに寄ると、膝をついて顔をのぞきこむ。

「アドラム校長……」

「大丈夫、すぐ治しますよ。アレクシス君、ここはいいからお行きなさい」

アレクシスはためらった。アドラムと目が合うと、彼女は微笑んだ。

「まだ徒弟実習の途中なのでしょう？　先ほどの魔法、見事でしたよ。我が校の生徒として誇らしいわ。あなたの行動と勇気に敬意を表し、手を貸してあげましょう。ここにいる人たちのことはお任せなさい」

迷っているひまはなかった。アドラムのことを信じて、先を急ごう。

「ありがとうございます、お願いします！」

アレクシスは立ち上がると、一目散に駆け出した。草はらを踏みしめ、木の根を飛び越え——ロベルトたちが消えた方角を目指す。

建物の床はどこも水びたしだ。回廊を走り、人の気配を探すが誰もいない。

さらに奥へと進み宮殿の内部に足を踏み入れていくと、ぎょっとしたことに人が数人倒れていた。警備兵だ。意識はないが、息はある。よかった。外傷は見当たらないが、魔法によって昏倒《こんとう》させられたのだろうか？

（おかしい……前に地下道で襲われた時は、問答無用で命を奪う手口だった。本当に、同じデウム・アドウェルサの人間がやったのだろうか？）

さっきの水魔法だってそうだ。確かに恐ろしい攻撃ではあるが、こちらの息の根を止めるつもりなら、もっと致死性の高い魔法を使ってくるはずだ。大火や毒のような……。

（もしかすると、あの水魔法の狙いは……攻撃ではなかった？　だとすると、陽動。なにかから注意をそらすためだったとしたら？）

水は宮殿深部からやってきた。人々はみな、水から逃れるために建物の外へ、高いところへ行こうとする。

（――そうか！）

おそらく、地下だ。それも地下水路。火災ならそこを通って避難しようとする者もいるはずだが、水害なら誰も近寄らない。闇取引の場所は、きっとそこだ。

地下への入り口を探し、宮殿内をあちこち走り回った。ようやくそれらしき階段を見つけて降りていくと、かすかに水音が聞こえてきた。当たりだ。

壁には等間隔に明かりが灯《とも》してあるが、薄暗い。ぼんやりとオレンジ色に照らされている石壁を伝うようにしながら、足をすべらせないように注意深く下っていく。前方にぽっかりと先が開けている様子が見えた。水路だ。

カツン、コツン、と小さく靴音を鳴らしながら水路へ近づくアレクシスはハッとした。誰かが倒れている。見張りの者が襲われたのか？　しゃがんで様子をみようとしたところ、ヒュンと空気を裂く音がし、攻撃魔法の波動を感じた。

反射的に、ふり向きながら横に飛びのいていた。脇腹を風圧がかすめ、背後の石壁がドォン！　と音を立てる。粉砕された石つぶてが容赦《ようしゃ》なく背中に突き刺さった。

「……ッ！」

魔法学校のローブを着ていなければ危なかった。アレクシスは顔をしかめながらも前方に立つ黒い人影を見据《みす》える。

漆黒《しっこく》のローブをまとった壮年の魔法使い。袖口から銀色に光るものが見えている——長剣だ。

（まずい……っ）

男は剣をかまえ、サッと踏みこんできた。アレクシスはとっさに水路に飛びこみながら叫ぶ。

「光精霊《ウィルオウィスプ》！」

強い光が灯り、相手は目をかばって一瞬動きを止めた。が、すぐに体勢を立て直して斬りかかってくる。バシャンッと水路の水が勢いよく跳ね上がり、ギラリと輝く刀身が眼前に迫る。

アレクシスの背中を冷や汗が伝った。至近距離では圧倒的に魔法よりも剣のほうが有利だ。攻撃速度が違いすぎる。

「風精霊《シルフ》！」

突風を起こし、男へ猛烈な強風を吹きつけた。水路の水が吹き上がって波になるほどの威力だ。相手がひるんで立ち止まっている間に、急ぎ後退して距離をとりながら大量の魔力をこめて精霊を呼んだ。

「火精霊《サラマンダー》！　火炎《フランマ》！」

大きな炎が出現すると、相手は剣をかまえたまま「水精霊《ウンディーネ》！」と叫んだ。水路の水がザッと舞い上がり、アレクシスの右手から放たれた火炎が防がれてしまう。かまわずアレクシスはサラマンダーの火力を強めた。相手もさらに水路の水をかき集めて自分の周囲に壁を作る。炎のすさまじい熱さにより、大量の水蒸気が発生した——今だ！

「氷精《グラウペル》！　氷結《グラキアンス》！」

火魔法を引っこめ、瞬時に氷魔法を展開する。相手がハッとした時にはすでに遅く、冷却された多量の水が急速に凍っていった。足は地に釘づけにされ、急激に冷やされた剣は真っぷたつに砕け落ちる。パリパリと音を立てながら全身が白い結晶に覆われ、男の顔が恐怖に歪《ゆが》んだ。

——ズキリと、アレクシスの胸が痛んだ。

彼の肉体に深刻な損傷が及ぶ前に、次の呪文を唱える。

「眠りの神フォンシー、我の呼び声に応え、汝《なんじ》の力を分け与えたもう。この者に安らかな休息の時間《とき》を——夢の眠り《ソムヌス・ソムニウム》」

男の瞳が焦点を失い、ゆっくりとまぶたを閉じると意識を手放した。アレクシスは氷魔法を解く。氷はただの水に戻り、男は水しぶきを立てて水路のなかへ倒れこんだ。

アレクシスの心臓はドクドクと鳴っていた。忙《せわ》しなく肩で息をしているし、指先は細かく震えていた。人に向かって火魔法を放ったのは初めてだった。

一歩間違えば、自分が殺されていたかもしれない。難しい氷魔法を呪文詠唱抜きで使おうとしたのは、いちかばちかの賭《か》けだった。

けれども、男が体の芯まで凍りついて死ぬのではないかと戦慄《せんりつ》した時に見せたあのまなざしは――強烈に焼きついて、忘れられそうにない。本当に、相手を殺さずに済んでよかった……。

まだ緊張と興奮が冷めやらぬまま、男のほうへ近づいた。このまま水路に倒れていては溺《おぼ》れてしまうかもしれない。せめて通路に引き上げてやらないと。

そう思って男のそばにかがみこんだ時、壁の明かりがかげった。顔を上げると、視界を真っ黒い影が覆った。大剣をふりかぶった大男――しまった、もうひとりいた！

「盾《クリペウス》……っ！」

とっさに初歩の防御呪文を唱えた。発現した魔法が間一髪《かんいっぱつ》で大剣を受けとめるも、バリバリと紙の束を裂くように破壊されてしまう。魔力で強化された武器。次の一撃は防げない……！

しかし、次いで襲ってきた攻撃は剣ではなかった。大男が「暴風《テンペスタス》！」と叫び、突如《とつじょ》起こった烈風にアレクシスは吹き飛ばされた。水路の奥へ木の葉のように舞いながら、壁に激突する前になんとか体勢を立て直そうとする。

「風精霊《シルフ》……！」

五メートル以上飛ばされたが、どうにか両足で水路に着地することに成功した。ザバンッと水が撥《は》ね散《ち》るなか、追撃を予期して身がまえたアレクシスは驚きに目を見張った。

大男は攻撃の準備をするのではなく、先ほど倒した男を抱え起こしていた。

(そうか、仲間を助けようと……)

一瞬、どうすればいいのかわからなくなった。その迷いが致命的な隙を生む。

「水蛇《アングイス・アクア》……」

大男のうなるような声が聞こえ、危険を感じた時にはもう遅かった。足もとの水が無数の蛇の形となってすばやく這《は》い上《あ》がり、アレクシスの全身を締め上げた。首が圧迫され、息ができなくなる。

「……っ！」

声が出せなければ、呪文が唱えられない。手で蛇をつかもうにも、水でできているのだから指がすり抜けてしまう。絶体絶命だ。視界が歪み、たまらず膝をついた。

(ダメだ、このままでは……っ、シルフ、ドリュアス……！)

心のなかで懸命に精霊に呼びかけるが、息苦しさで魔力をうまく操ることができない。これでは精霊もどう応えていいのかわからず、魔法も発動しない。

ついにその場へ倒れこんだ。水路の水が撥ね散らかり、目の前が暗くなる――

しかし意識を失う寸前、どういうわけか急に戒《いまし》めから解き放たれた。痺《しび》れた手足を無理やり突っ張って、水中に突っこんだ顔を持ち上げた。

酸素だ。息が吸える。激しく咳《せき》をしながら、忙しなく呼吸をくり返す。頭がズキズキと痛んだ。

「大丈夫か」

顔を上げると、紺色《こんいろ》のワンピースを着た黒髪の少女が立っていた。

「ブラッグさん……」

アレクシスは呆然《ぼうぜん》とつぶやき、ダニエルの右手に大きなナイフがにぎられていることに気がついてギクリとした。赤い血に濡《ぬ》れて、切っ先からポタポタと雫が滴《したた》っている。

アレクシスは襲撃者たちのほうを見た。水路のなかに倒れていて、ふたりとも動かない。体から流れ出た血がどんどん水面に広がっている。

「……殺したのですか」

信じられない思いだった。そんなつもりもないのに、声は非難するように響いた。

「殺さなきゃ、お前が死んでいた」

感情のこもらない声で、ダニエルが言った。かがんで刀身を水に浸して血をすすぎ、スカートの裾で水気を拭《ふ》きとると腿《もも》に装着したホルスターへと収めた。

（お礼を言うべきだ。助けてくださってありがとうございます、と。でも……）

どうして、という思いがめぐる。

手加減はできなかったのか。ふたりとも殺す必要はあったのか。命を奪わないで済む方法は本当になかったのか……。

「ぼさっとするな。すぐに新手が来るぞ」

アレクシスはのろのろと顔を上げた。ダニエルと目が合うと紫色の双眸《そうぼう》はいら立ったように揺れ、舌打ちをした。

「どうしてこんなところまで来た？　殺し合いに関わりたくないのなら、危険に首を突っこむな」

アレクシスはなにか言おうと口を開きかけた。が、それを待たずにダニエルはアレクシスの肘《ひじ》をつかんで無理やり立たせた。

「時間がない。死にたくなかったら、オレから離れるな。こっちだ」

強く腕を引っ張られ、否応《いやおう》なしに走り出した。跳躍《ちょうやく》して通路へ着地し、角を曲がって奥へと進む。

ダニエルの足はとても速い。全身ずぶ濡れのアレクシスは体が重く、ついて行くのに精いっぱいだった。よく見るとダニエルの体はまったく濡れておらず、足跡も残らない。アレクシスは風精霊《シルフ》と火精霊《サラマンダー》を呼んで、服にしみこんだ水分をでき得る限り蒸発させた。

どのくらい走っただろう。やがてダニエルは歩をゆるめ、足音を立てないように慎重に歩き出した。アレクシスも荒い呼吸を鎮めようとしながら後ろをついて行く。ようやく息が整った頃、ダニエルが足を止め、片手を上げて制止の合図をした。顔をこちらに向けると、声を出さずに口の動きだけで言う。

　ここで待て。

アレクシスがわずかにうなずくと、さっと身をひるがえして音もなく行ってしまった。角を右に曲がり、姿が見えなくなる。

　残されたアレクシスは、薄暗い地下水路で指先ひとつ動かせずにただじっと立っていた。神経がピンと張りつめ、なにか聞こえはしないかと耳を澄まし続ける。額から頬《ほお》へ汗が流れた。遠くで、かすかな物音が聞こえた気がした。だが、それだけだ。それ以上なにも起こらないまま、気のせいだったのかと思い始めた頃、角の向こうからゆっくりとダニエルが姿を現した。

「もう来てもいいぞ」

　無感動な声で告げる。人形のようにきれいな少女の白い顔が、アレクシスにはうすら寒く感じられた。なんというか……ダニエルの雰囲気が、近寄《ちかよ》り難《がた》い。

　静かに歩いていくダニエルの背中を見ながら、アレクシスは緊張の面持ちでついて行った。水路から外れ、乾いた石畳《いしだたみ》の床を進む。しだいに路《みち》がせまくなり、水音が遠ざかっていった。そして分岐点を曲がったところで、人がふたり、倒れていた。壁が血しぶきで汚れ、床に血だまりができている。アレクシスは息を呑んで足を止めたが、ダニエルは平然と死体を通り越していった。アレクシスはためらいながらも血を踏まないように歩を進め、そのあとを追った。

暗くて細い通路を足早に進んでいき、ほどなくして行く手にぼんやりと白い光が見えた。ランプや松明《トーチ》の明かりではない、光精霊《ウイルオウイスプ》によるものだ。この先に魔法使いがいる。

ダニエルは壁に身を寄せながらひっそりと近づいていく。アレクシスも息を詰めてそれにならった。この先に、過激派組織デウム・アドウェルサの構成員がいるのか……？

前方は円形状の広間になっているようだった。車輪の輻《や》のような形で、たくさんの通路がここへ集まっている。中央から聞こえてくる話し声がよく響き、天井がかなり高くなっているのだろうと想像できた。

ダニエルがふり向き、そっと指先で手招きをする。やっと聞きとれるほどの声で言った。

「のぞいてみな。結界に触らないように気をつけろ」

アレクシスはそろそろと近づいた。確かに、なかに入れないように防御結界が張ってある。触れたらすぐに侵入者排除のための攻撃魔法が起動するだろう。

息を殺して広間のなかをうかがうと、いくつもの光精霊《ウイルオウイスプ》の光の玉が宙に浮き、その下に黒いローブをまとった魔法使いが四、六……十人いた。さらに、クータスタ人の男性が二人。石のテーブルの上に大きな麻袋が置いてある。口々になにかしゃべっているが、内容はわからない。

クータスタ人の男が麻袋を開け、なかから正方形の木箱をとり出した。表面に細かな紋様がびっしりと描かれている。魔法で封印が施されているのだ。

「おそらく、あのなかに戦争時に作られた兵器が入っている」

ダニエルがささやいた。

あんな小さな物に？　木箱は片手で抱えられるほどの大きさだ。

魔法使いとクータスタ人たちは会話を続けている。封印の解除方法を聞き出しているのだろうか？　クータスタ人ふたりは怒った顔になり、魔法使いはテーブルの上に革袋をドン！　と置いた。袋の口は開いていて、大量のソリドゥス金貨が詰まっているのが見えた。クータスタ人は笑顔になり、嬉々《きき》として金貨に手を伸ばす。

ところが、その手が金貨に届く前に魔法使いのひとりが立ちはだかった。クータスタ人は目を見開き、声も出さずに倒れる。胸に短剣が突き刺さっていた。もうひとりのクータスタ人が悲鳴を上げたが、背後に立った別の魔法使いがすばやく喉を切り裂いた。

アレクシスはもう少しで声をもらすところだった。下を向き、歯を食いしばって嫌悪感をこらえる。血が噴き出す様子を見続けていたら吐き気がこみ上げてきそうだった。

ダニエルはとなりに立ったまま、じっとアドウェルサの魔法使いたちを見据えている。

……どうして、クータスタの密売人が殺されるのを黙って見ていたのだろう。ダニエルほどの実力なら、助けられたのではないか？

自分のなかで、色々なものが信じられなくなりそうだった。なんの躊躇《ちゅうちょ》もなくクータスタ人を殺した魔法使いの非情さも信じ難いが、ダニエルのことさえも、彼らと大差ないのではないかという疑念が湧いてきてしまう。それを考えるのは、恐ろしいことだった。

『お前は一生、人殺しなんてしないだろ？』

――ああ、そうか。ダニエルには、初めから言われていたではないか。

『オレとお前じゃ、住む世界が違う』

今、ようやくわかった。あの時、ダニエルが口にした言葉の意味が。自分は本当に、なにもわかっていなかったのだ……。

だが――なにか、大事なことを忘れているような気がした。

最初に泊まった金《きん》の花穂亭《かすいてい》の宿で、眠れなかったアレクシスに、ダニエルは他にも重要なことを言っていたはずだ……。

アレクシスの脳裏に、ふっと、おだやかな声音がよみがえった。

『――お前はそのまま、そっち側にいろよ』

前方でパアッと光が放たれ、アレクシスはハッとして顔を上げた。木箱の封印が解けている。そんな、もう解除できてしまったのか？

横で、ダニエルが苦々しそうにつぶやいた。

「……やはりな」

どういう意味なのかと表情で問いかけるアレクシスに、ダニエルは「よく見てみろ」と小声で言った。

光のなかに目を凝らす。戦争の道具として作られたというそれは、球体をしていた。離れていても膨大《ぼうだい》な魔力を感じる。かなり強力な魔法具だ。表面に、うっすらと印《しるし》が刻んであった。その模様がなにか判別できた時、アレクシスは愕然《がくぜん》とした。

（まさか……）

月と、大きな両翼を広げた天使の意匠——見間違えようのない、エリシウム国のシンボルだ。

あの兵器は、エリシウムで作られたものだったのだ。

（ああ、だから……極秘任務だったわけだ）

魔法戦争時、残酷な兵器を量産していたのはオムニス帝国ばかりだと思われていた。オムニス軍の破壊行為や大量殺戮《たいりょうさつりく》の凄惨《せいさん》さは悪名高く語り継がれている。アレクシスも学校で散々教わってきた。戦時中、エリシウムの魔法使いはオムニスと違い、平和を切に願っていた。だから敵を倒すためではなく、弱き人々を守るために屈しなかったのだと。しかし、そんなのはきれいごとだったというわけだ。エリシウム政府はあんな兵器を作っていたなどという事実を隠したいに決まっている。だからこそ、魔法捜査局は秘密裏に処分しようと動いた……。

『『ウィクトルビス』……勝者の宝珠《ウィクトル・オルビス》という名で作られた兵器だ。魔法庁にも未完成の設計図しか資料がなく、今日《こんにち》まで実物は確認されていなかった。だが、実在していたらしいな」

魔法使いたちはウィクトルビスを手に持ったまま、あれこれ話し合っている。使い方がわからないのだろうか？　するとひとりの者が手を挙げ、宝珠を受けとった。フードを目深《まぶか》にかぶっていて、顔は見えない。指先で球体の表面をなぞり、呪文のようなものを描いていく。

ダニエルが鋭い目つきでその様子を見ながら言った。

「あの手の魔法具は術式設定をする必要がある。攻撃対象、規模や範囲、使用する魔法の選択……それらを指定してやれば、世界各地にある魔力溜まり《マギア・マクラ》と共鳴してとんでもなくデカい魔法が発動する仕組みだ。山が一瞬で吹き飛ぶくらいのな」

「そんな……！　早く止めなくていいのですか？」

「実際に魔法を起動させるには、少なくともあそこにいる全員の魔力をあの珠《たま》に注がなきゃ無理だろうよ」

ダニエルのまとう空気が緊迫したものになり、低い声で言った。

「下がってろ、優等生。ここから動くなよ」

腿に手をやり、ホルスターから音もなくナイフをとり出した。

前方では魔法使いのひとりが合図をし、光精霊《ウイルオウイスプ》の光の玉がすべて消えた。明かりは壁のランプとウィクトルビス自体が発する光だけとなり、薄暗い。だが魔法使いが全員で宝珠に手を当てて魔力を注ぎ始めると、その輝きが増して広間はどんどん明るくなった。球体の表面に浮かんだ術式模様がくるくると回転し、エネルギーを蓄《たくわ》えていく。魔法使いたちはみな全力で魔力を送っているように見える。

突然、ダニエルが広間へ飛び出していった。防御結界をするりと通り抜け、魔法使いたちの前へ躍《おど》り出る。

彼らが気づいた時には、すでにダニエルはひとり目の魔法使いを床に沈めていた。鮮血が飛び散る。反撃の態勢が整わないうちに、ふたり目に飛びかかって急所を突く。目にも留まらぬ速さだ。

防御の呪文を唱えた三人目の魔法を易々《やすやす》と貫通して倒した頃、ようやく他の者が逆襲に出た。

「炎の矢《フランマ・サギッタ》！」

瞬発性の高い攻撃魔法だ。即座に顕現《けんげん》した燃え盛る矢の一群が猛スピードで小柄な少女に襲いかかった。ダニエルは長い黒髪をひるがえして跳躍《ちょうやく》し、走った。しかし追尾式の矢はぴったりとあとを追いかけていく。

ダニエルは四人目の魔法使いに正面から斬りかかり、相手がどうにか短剣で受けとめたところでサッと身をかがめて足を払った。体勢を崩した魔法使いはまともに炎の矢を食らって火だるまになる。悲痛な叫び声に、アレクシスは耳を塞《ふさ》ぎたくなった。とても見ていられない。

「雷の槌《トニトル・マッツレオ》」

五人目の魔法使いが呪文詠唱を終えた。上位魔法だ。雷《いかずち》は最強最速の攻撃魔法――パッとあたりにまぶしい光が満ち、耳をつんざくような音が鳴り響く。アレクシスはフードの上から両手で耳をかばいながら慄然《りつぜん》とした。雷の熱は、太陽の表面温度より何倍も高温だ。直撃を受けずとも、その熱と衝撃波だけで命を落とす。近距離戦で使うなんて正気の沙汰《さた》じゃない。

広間の壁や柱が破壊され、埃《ほこり》と煙で視界が真っ白になった。天井にも無数の穴が空《あ》いたが、差しこむ光は細くなにも見えない。

「風精霊《シルフ》！」

誰かが叫んだ声で一陣の風が吹いた。

再び開けた視野には、瓦礫《がれき》に埋もれた広間に四人の魔法使いが立っていた。先ほどまで六人いたはずなのに？　アレクシスは残りの魔法使いの姿を探し、息を呑んだ。ひとりは石の柱の下敷きになり、ひとりは雷に巻きこまれて息絶えていた。

ダニエルの姿は見当たらない。残る魔法使いたちは油断なくあたりをうかがいながら、それぞれに防御や攻撃の呪文を唱えて次の動きに備えている。

右手に炎の塊《かたまり》を宿らせた魔法使いがゆっくりと瓦礫の周りを歩いてダニエルを探す。張りつめた空気のなか、コツ……コツ……とわずかに靴底が鳴る音だけが聞こえ――突如、その足首を刃《やいば》が切り裂いた。腱《けん》をまともに断たれて悲鳴を上げる男は、それでも火魔法を維持して瓦礫のなかに身をひそめていたダニエルに渾身《こんしん》の一撃を浴びせた。瓦礫が吹き飛び、石がジュッと焼ける。

しかし、ダニエルには炎が届かない。髪の毛一本熱せられることなく――冷たい目つきで男の心臓にナイフをふり下ろした。そのナイフが引き抜かれるよりも早く、他の者が放った無数の氷の矢が飛んでくる。ダニエルが目を向けると、氷はその体に触れる前に霧散した。

「そいつはダニエル・ブラッグだ！　攻撃魔法は効かない！」

ひとりが叫び、長剣を抜いてダニエルに斬りかかった。ダニエルはひらりと身をかわすが、魔法使いの男のほうがリーチは長い。無駄のない動きで剣をくり出す男はかなりの腕前で、二十センチほどの刃渡りのナイフで応戦するダニエルは防ぐ一方だ。徐々《じょじょ》に足場の悪いほうへ追い詰められていく。その踵《かかと》が瓦礫にぶつかり、わずかにバランスを欠いた。男はその機を逃《のが》さず即座に剣を突きこむ――が、剣先はダニエルをかすりもしなかった。身をかがめてかわした少女が斜め下から懐《ふところ》に飛びこんできた時、男はそれがカウンター狙いの誘いだったことに気がついた。がら空きの首に斬りこまれ、なすすべもなくその場に倒れこむ。

残る魔法使いはふたり。どちらもフードをかぶったままで顔は見えない。そのうちの背の高いほうが口を開いた。

「見事だな、ダニエル・ブラッグ。うわさに違《たが》わぬ強さだ。だが、私はお前の弱点を知っているぞ」

そう言うと、ウィクトルビスを離すまいと両腕で抱えているもうひとりの魔法使いに向けて言った。

「下がっていなさい。奴《やつ》の相手は私がする」

アレクシスは奇妙な違和感を覚えた。男の声に聞き覚えはなかったが、そこには上等な教育を受けた者の品性が感じられた。この殺伐《さつばつ》とした状況にそぐわない。それに仲間にかけた言葉には、かばうような優しさが含まれている……。

「巨神サラト、我の呼び声に応え、汝《なんじ》の力を分け与えたもう。巨大なる力《ペルグランデ・ウイリブス》」

男が唱えると、床に転がっていた大きな瓦礫がいくつも宙に浮かび上がった。

「お前が無力化できるのは、魔法だけだろう？」

右手を上げ、ダニエルのほうへ腕をふる。

「突　撃《オツブグナテイオ》」

瓦礫は猛スピードで飛んでいく。ダニエルは走って逃げようとするが、襲いかかる石壁や柱の残骸《ざんがい》はあまりにも大きい。すんでのところで避《よ》けるが、瓦礫同士がぶつかって砕かれたつぶてが弾丸のように散り、その体にめりこむ。ダニエルの顔に初めて苦痛が浮かび、勢いよく床を転がった。すぐに起き上がって相手を見据えるが、その腕は脇腹を押さえていて、額からは血がにじんでいた。

「やはりな。お前は物理攻撃を防ぐことはできない」

男は余裕のある声音で言った。ダニエルはなにも言わず、もうひとりの魔法使いのほうをちらりと見やった。腕に抱えたウィクトルビスにひとりで魔力を送りこんでいて、球体の輝きが強くなっている。

「お前はここで終わりだ。我らの邪魔はさせない」

男が再び腕をふるい、先ほどよりも多く――いや、すべての瓦礫が宙に舞い上がった。ダニエルに逃げ場を与えないよう八方をとり囲み、いっせいに襲いかかった。

ダニエルはその場から逃げなかった。何トンもの石がその身に降り注ごうとするなか、ウィクトルビスを持った魔法使いに向けてナイフを放った。魔法使いはハッとし、瞬時にパッと光が生じる。

（壁《ムルム》……！）

中級の防御魔法だ。反応もさることながら、信じられないくらい発動が早い。

ナイフが魔法壁に弾かれるのと、ダニエルに向かって大量の石がドォン!!　と叩きつけられたのが同時だった。床が激しく揺れ、穴の空いた天井からさらなる瓦礫がだめ押しのように落ちてきた。パラパラと砂埃《すなぼこり》が降りかかり、あたりは静かになる。

アレクシスは声も出せなかった。

今にもダニエルが現れて反撃をするのではないかと思うのに、瓦礫の山からはなにも動く気配がない。

魔法使いの男は、もうひとりをふり返って言った。

「ここはもう使えない。場所を移そう。ブラッグの仲間がやってくるかもしれない」

ウィクトルビスを持った者はうなずき、地下通路のひとつ――アレクシスがいる場所とは反対側――に小走りで向かった。男はそのあとに続いて歩み始めたが、今一度、立ち止まって瓦礫の山をかえりみた。天井から降り注ぐ光が、舞い散る埃を照らしているだけだ。なにも異変はない。床にはダニエルのナイフが転がっている。持ち主を失った、ただの血で汚れた刃物だ。

（こんなものひとつで、何人もの魔法使いを殺すとは……）

感服にも似た思いだった。

ダニエルの戦闘能力は暗殺や接近戦においては脅威だが、距離をとった相手に損傷を与えることはできない。そして一度負傷させてしまえば、倒すのは容易だ。ダニエルは攻撃魔法も、治癒魔法も使えないからだ。しかしその欠点を差し引いても、殺すには惜《お》しい逸材《いつざい》だった。

男は残念そうに首をふると、通路へ向き直って歩き出した。

その時、背中に衝撃が走った。

「なっ……」

激痛に目を見開きながら、男は首を傾けて背後を見た。そこには小柄な黒髪の少女が立っていた。紫色の双眸《そうぼう》は、まるで死神《しにがみ》のように冷たい色をしている。

「悪いな」

ダニエルは言った。

「自分の弱点くらい、自分が一番わかってるんだよ」

物理攻撃は魔法のように分解できない——だから、自分の体を魔力《エネルギー》に分解・再構成するのだ。

純粋なエネルギー体となった自己を再び肉体に変質させるのは高度な技で、魔力もほとんど消費してしまう。一日一度が限度の危険な切り札だが、あらゆる攻撃を回避することが可能となる。

男は床へ倒れた。その背にはダニエルのナイフが深々と突き刺さっていた。

広間を覆っていた防御結界に亀裂が走り、フッと消失する。アレクシスが広間のなかへ踏みこんだのと、最後のひとりとなった魔法使いがふり向いたのが同時だった。

「……お父様!!」

倒れた男を目にした魔法使いが叫び、アレクシスは驚いた。その声は、まだ若い娘のものだった。

ダニエルは彼女を真っすぐに見つめて手を差し出した。

「それをこちらに寄こせ」

魔法使いはぎゅっと宝珠を腕に抱きしめる。ダニエルの瞳の鋭さが増した。

「渡さなければ、お前を殺す。今ならまだ、こいつを助けられるかもしれないぞ」

彼女はあきらかな動揺を見せた。確かに治癒魔法を施せば、お父様と呼んだ男の命を救えるかもしれない。

娘は両手に持ったウィクトルビスを震えながら差し出し、ダニエルがそれに手を伸ばそうとした時――銃声が鳴った。

ダァンッ！　という激しい音とともに、ダニエルの体が大きく傾《かし》いだ。ダニエルは体をひねって避けようとしたが、続けざまに放たれた弾丸は五発。そのうちの三発が胸、腹、肩へと命中した。

「ブラッグさん！」

ダニエルは倒れ、鮮血が床に広がった。そばに立っていた娘も驚いた様子で後ずさる。その背中にトン、とぶつかるものがあった。ビクッとする彼女の肩を、背後から現れた人物が抱き寄せる。右手に持った短銃からは煙が上がっていた。

その男の顔を見て、アレクシスは呆然とつぶやいた。

「ランドン知事……？」

オベリア郡知事はその名を呼ばれて、暗く歪んだ笑みをアレクシスに向けた。娘がランドンを見上げ、かぶっていたフードがパサリと落ちる――年若い妻、ステファニー・ランドンだった。

第十章

魔法使いへの道

「お前の道は、もうわかっているだろ」

THE ROAD TO WIZARD

「ランドン知事……どうして、あなたが……」

アレクシスは、その目で見ても信じられなかった。反魔法派のオベリア郡知事が、どうしてオムニス帝国の魔法使いで構成された過激派組織デウム・アドウェルサのテロ計画に関《かか》わっている？　てっきり、怪しいのはオムニス貴族のロベルト・ヴァロだと思っていたのに。

ヒューバート・ランドンは蔑《さげす》むような目つきでこちらを見た。

「知る必要のないことだ、お貴族様《ノビリス》」

アレクシスから目を離さないまま、妻の肩に置いた手に力をこめる。

「ステファニー」

呼ばれた彼女はハッとしたように背筋を伸ばした。手の震えが止まり、両の瞳《ひとみ》に力がこもる。

アレクシスはステファニーと正面から視線がかち合い、一瞬、なにか奇妙な感覚に捉《とら》われた。無意識のうちに彼女に声をかけようと口を開く。が、それより早くステファニーは呪文を唱《とな》え始めた。

「殺戮《さつりく》の女神イェノ、我の呼び声に応《こた》え、汝《なんじ》の力を分け与えたもう……」

アレクシスはギクッとした。攻撃力の高い黒魔法だ。詠唱を終える前になにか手を打たなければ、まずい……！

床に伏したままのダニエルを目指して駆け出し、急ぎ呪文を唱えた。

「風の神シェレム、我が呼び声に応え、我らを守りたまえ！　守護の旋風《プラエシディウム・トゥルボ》！」

ダニエルのもとにたどり着いた瞬間、ふたりの周囲に竜巻が起こった。ステファニーの放った黒魔法がまがまがしい瘴気《しょうき》をまとって砲撃のように降り注いだが、風の壁が撥《は》ね返《かえ》してくれる。しかし、いつまで持つかはわからない。

「ブラッグさん！　大丈夫ですかっ？」

血まみれでピクリとも動かないダニエルの顔をのぞきこんだ。長い黒髪が目もとにかかっていて表情が見えない。意識があるのか確かめようとしたところ、唐突に白い腕が持ち上がってぎょっとする。拳《こぶし》ににぎりしめたくしゃくしゃの紙をアレクシスへ押しつけた。

「！　これは……」

竜巻の威力は徐々《じょじょ》におさまってきていた。ステファニーはなにかに気がついたように攻撃をやめ、ランドンはつむじ風の中心に目を凝らし怪訝《けげん》そうな顔をした。そこには誰の姿も見当たらなかった。

＊

「逃げたのか……」

まったく、魔法使いというのは厄介《やっかい》だ。ランドンは忌《い》ま忌《い》ましく思いながらも、すぐに気持ちを切りかえる。

「ステファニー、ヘンリー殿を」

「はい！」

ステファニーは背中にナイフが刺さったままの父のそばにしゃがむと、すぐに治癒《ちゆ》魔法を発動した。懸命に魔力を注ぐが、焦った顔から容態が思わしくないのはランドンにもわかった。

「君が手にしているその魔法具は使えないのか？」

ランドンの言葉にステファニーは首をふった。

「ウィクトルビスは、まだ起動していません。そのために必要な魔力が充填《じゅうてん》しきれていないのです。魔力を満たすのに時間を使っていては、そのあいだにお父様は死んでしまいます」

しかし、たとえ彼女が全力で魔力を駆使したとしても、父を救えるかは定かでなかった。

ステファニーが魔力を使い切ってしまったら、せっかく手に入れた魔法兵器を扱《あつか》える者がいなくなる――その考えがランドンの頭をよぎった。計画遂行《すいこう》のためには、たとえ非情だと恨まれてもここで彼女を止めなければならない。

ところがランドンの口から出たのは、まったく別の言葉だった。

「私に手伝えることはないか？」

ステファニーは顔を上げた。

「はい」

潤《うる》んだ瞳は、感謝の気持ちで輝いていた。

「刺さったナイフをゆっくり引き抜いていただけますか？　私が傷をもとどおりにつなぎ合わせます」

ランドンは言われたとおりにした。ステファニーは精巧《せいこう》に魔力を操り、目を見開いて治療《ちりょう》に集中した。普段は控えめでどこか頼りない印象を与える少女だが、魔法を行使する際にはとてつもない才能を発揮する。こんな時、ランドンは妻を誇りに思うと同時に、少々苦い劣等感をも味わう。

ナイフが皮膚から離れた瞬間、傷口はぴたりと閉じてきれいに塞《ふさ》がった。見事な腕前だ。刺された痕跡《こんせき》はどこにも見当たらない。

倒れていた男が大きく息をついた。

「お父様！」

「ステフ……すまない……」

起き上がろうとする男にランドンは腕を貸し、その体を支えた。

「バート、君にも助けられた……ありがとう。まさか、たったひとりの魔法使いにここまでやられるとは……」

「ひとりではありません、ヘンリー殿。スワールベリー家の跡取りが一緒です」

「アレクサンダーの末裔《まつえい》か……」

つぶやきながら、ヘンリーと呼ばれた男は頭に手をやってフードを下ろした。ステファニーとよく似た赤茶色の髪があらわになる。理知的な瞳を娘に向けて言った。

「ステフ、急ぎみなに連絡をとりなさい。宮殿内に残った仲間を集め、すぐに移動だ」

ステファニーは目尻に浮かんでいた涙をぬぐうと、力強くうなずいた。

「籠城戦《ろうじょうせん》ですね」

「籠城？」

ランドンの問いに、ヘンリーが答えた。

「こんな事態に備え、別の場所を押さえておいた。侵入者対策を万全に施《ほどこ》してある。再び攻め入られたとしても、計画を実行するまで充分に持ちこたえられるだろう」

「城塞《じょうさい》を確保していたのですか？」

驚いた様子のランドンに、ヘンリーは「いいや、城ではない」と首をふった。

「墓だよ。美しく荘厳《そうごん》な、王の眠る霊廟《れいびょう》だ……」

＊

「ブラッグさん、ブラッグさん！　大丈夫ですか!?」

暗い石造りの建物のなかで、アレクシスの声が響いた。どうやらここは王宮の敷地内にある倉庫のようだ。収納されている物が薄く埃《ほこり》をかぶっている様子から、人の出入りが滅多《めった》にないことがうかがえる。

「うるさい……少し、静かにしてろ……」

座ったまま壁にもたれかかり、紙のような顔色をした少女が苦しそうに言った。

ダニエルに渡された転移用の魔法符――これひとつであらかじめ設定しておいた場所に移動可能な超高級の魔法具だ――のおかげで退避できたが、危機的状況は変わらない。ダニエルはあきらかに瀕死《ひんし》の重傷を負っていた。

(どうしよう……俺は馬鹿だ。心のどこかで、この人は無敵で、死ぬわけなどないと信じてしまっていた……)

そんなはずはないのに。そもそもダニエルはわずかな魔力しか持たず、魔法を使うことができないのだ。大勢の魔法使いに単身で挑むのが危険極まりないことくらい、わかりきったことだったのに。

ダニエルは額《ひたい》に汗をにじませ、ぐったりしたまま胸の傷を押さえていた。腹と肩を撃った銃弾は貫通していたが、胸のなかには弾が入ったままだった。弾丸は肋骨《ろっこつ》を折って肺を突き破り、さらに背中側の肋骨に跳ね返って胸のなかを暴れようとした。とっさに魔力を集めて跳《ちょう》弾《だん》を止めようと試《こころ》みたが、いっそなにもせずに死んだほうがよかったと思えるほどの苦痛を味わった。

（くっそ、忌ま忌ましい……）

心のなかで悪態をつきつつ、魔力をかき集めて体内の鉛弾《なまりだま》に意識を集中する。ひどい痛みをともないながらも弾はゆっくりと傷口のほうへ押し出され、やがてダニエルの手のなかにコロンとおさまった。

目を丸くしているアレクシスに、ダニエルは言った。

「よし……傷を塞いでくれ。胸からだ……頼む」

アレクシスが治癒魔法の呪文を唱えるのを聞きながら、ダニエルは残る魔力をふり絞り、傷口が塞がる前に胸腔内《きょうくうない》にもれた空気と血液を体外へ押し出した。

「……ニクス山麓《さんろく》の救助活動が役に立ったな」

ようやくすべての傷が塞がり、ダニエルは息をついた。

撃たれた直後に魔力を駆使して失血を抑えたつもりだったが、貧血を起こしていた。このまま気を失ってしまいたかったが、そうもいかない。重いまぶたを苦労して持ち上げ、心配でたまらないといった様子のアレクシスを見た。

「なんて顔してるんだよ」

アレクシスの顔は真《ま》っ青《さお》だ。どっちが死にかけだかわかりゃしない。

(目の前で知り合いが撃たれたんだから、それも当然か……)

ジョークのひとつでも言って安心させてやりたかったが、正直意識を保つので精いっぱいだった。

「お前のおかげで、助かった。命拾いしたな……」

本当に、アレクシスがいなかったら危なかった。あきらめずにこの件に立ち入ろうとするのには困りものだと思っていたが、感謝しなければならないだろう。

(アドウェルサの無事な戦闘員はまだ二十人近くいるだろう……どうする)

作戦を立てなくてはならなかったが、思考が鈍《にぶ》く、頭がうまく回転してくれない。

ダニエルがまぶたを伏せて浅い呼吸をしていると、アレクシスが落ちつかなげにごそごそと動いている気配がした。なにをしているのか知らないが、今は目を向ける余力すらない。

ダニエルが我知らず寝入りそうになった時、こめかみあたりにひんやりとした物が触れた。目を開けると、アレクシスが恐る恐るといった様子で濡《ぬ》れたハンカチを手にしていた。どうやら、汗と血で汚れた顔を拭《ぬぐ》ってくれようとしているらしい。

(なにをそんなにビクついているんだ?)

不思議に思ったが、アレクシスが女性恐怖症だということを思い出した。怖いなら無理にそんな真似《まね》をしなくても、と思ったが、湿《しめ》った布の感触は心地よく、ぼんやりとされるがままにしてしまった。

ダニエルの顔を拭《ふ》き終《お》わると、アレクシスはほっとした顔をしてハンカチをしまった。次にみずからの右手を見つめると手のひらに一瞬魔法陣の光が浮いて見え、パッと大きな葉が出現した。

（……蓮《はす》の葉？）

ダニエルがいぶかしげに見ていると、アレクシスは両手で葉を器のように丸めて持ち、小さな声で「水精霊《ウンディーネ》」と言った。たちまち葉のなかに溜《た》まった水をそうっと掲げて、控えめに言う。

「えっと……水、飲みますか……？」

その様子があまりにもおかしくて、こんな状況だというのにダニエルは笑い出しそうになった。勇気を奮い立たせて汗を拭いてくれたことや、そもそもハンカチをきちんと持ち歩いていること、蓮の葉を魔法で転送させたこと、それをコップ代わりに使ったことなど、とにかくすべてが面白くてたまらない。

「ああ、もらうよ」

水をこぼさないように慎重に葉っぱを近づけるアレクシスからそれを受けとり、ダニエルは精霊の精気がいっぱいに詰まった水を口にした。まるで何日ぶりかに味わったかのような充足感を抱《いだ》きつつ、ゆっくりと甘露《かんろ》を飲み下した。

ほっと息をつく。少しだけ、気分もマシになった。

「……なにを笑っているのですか？」

アレクシスは怪訝そうな顔をしたが、その声にはあきらかな安堵《あんど》の色があった。ダニエルも、さっきよりは頭を働かせる余裕が出てきた。

「今、何時だ？」

「え？　えっと……」

アレクシスはローブの内側に手を入れ、懐中時計を確認した。

「一時四十二分です」

「そうか」

ダニエルは大きく息を吐き出した。

ジュリアから受けた最新の連絡では、こちらに着くのは最短でも三時になるという話だった。それまで待っていたら、テロ計画は実行されてしまうだろう。援軍は当てにできない。

アレクシスは一瞬不安そうな表情をしたが、すぐに気を引きしめて言った。

「ブラッグさんは、ご存じだったのですか？　今回の件にヒューバート・ランドン知事が関与していたことを」

ダニエルはじっとアレクシスの目を見たあと、疲れた様子で言った。

「まあな。オレがノースオベリアにいたのも、オベリア郡知事の周辺を探るためだった。以前から魔法捜査局がランドンの身辺調査を進めてはいたが、アドウェルサとのつながりを示す証拠はつかめずにいた。ヘンリー・モランがうまく隠蔽《いんぺい》していたからな」

「ヘンリー・モラン？」

どこかで聞いた気がする名前だ。アレクシスは記憶を探り、数週間前、徒弟《とてい》実習に向かう汽車のなかで読んだ新聞記事を思い出した。

『元伯爵位魔法使いで隻脚《せっきゃく》の作家、ジェローム・モラン氏が七十八歳で永眠。長男のヘンリー氏は取材に対し、モラン家を継いで魔法使いの職に転向することは今後もないと述べている』

「もしかして、ノンフィクション作家ジェローム・モランの息子ですか？　確か、魔法使いの家は継がずに弁護士になったという……」

「そうだ。奴《やつ》はランドンの顧問弁護士で、ランドン夫人《ステファニー》の父親だ。ヘンリー・モランはその昔グラングラス魔法学校の優秀な生徒だったが、卒業後は魔法使いの資格登録をせず一般人の道を選んだ。だが、その実違法ルートで精霊と契約を交わした黒魔法使いであり、過激派組織デウム・アドウェルサに情報と資金を提供する協力者でもあった」

アレクシスは憮然《ぶぜん》とした。規範を守るべき法曹《ほうそう》がテロリストの一員だとは。

「世も末だ……」

遠い目をするアレクシスに、ダニエルはくたびれながらもうっすらと笑った。

「その年齢《とし》で世を儚《はかな》むなよ、少年」

「ジェローム・モランは作家になる以前、エリシウム魔法軍にみずから志願した魔法治療士でしたよね？　左脚を失うまでの六年間、衛生兵として懸命に国に仕えたと聞いています。なぜそんな人の息子が、国家を憎むテロ組織に？」

「さあな。弁護士としてのヘンリーは有能で、若いうちから成功を収めている。国から多額の賠償金を勝ち取ったこともあるほど、華々しい戦績だったらしいな。ところが奴が二十七歳の時、弁護するはずだった被告人が裁判前に死亡する事件が起きた。そいつは過激派組織の下っ端で、魔法庁長官の命を狙って裁判所から脱走したが、止めようとした魔法捜査官が誤って殺してしまった。被告人はまだ十五歳の子供だった。だが魔法捜査官は罪に問われず、半年後には謹慎が解かれ職場復帰してる。それまで順風満帆だったヘンリー・モランの人生を変えたきっかけは、それかもな」

アレクシスは言葉を失《な》くした。そんな痛ましい事件があったなんて。

先ほどダニエルに背中を刺されて倒れ伏したヘンリーの姿を思い返した。彼はあのまま死んでしまったのだろうか？

いや、ステファニーがいる。多分ウィクトルビスを使いこなせるほどの才覚と技量を備えた、あの娘《こ》なら治せるはずだ。

「さっきの……彼女、ステファニーはとてつもない力を持った魔法使いでしたよ。あの年齢で危険な黒魔法を使いこなすなんて、普通じゃ考えられません。ですが……たとえどんな理由があったとしても、あれほど若い女性に、あんなことをさせる父親や夫はどうかしています」

彼女の魔法を見てわかった。パーティー会場を襲った水の攻撃魔法を操っていたのはステファニーだったのだ。おそらく、警備の人間を眠らせたのも……。

アレクシスは、パーティーで彼女と対面した時のことを思い出そうとした。ステファニーは子供のように素直であどけない表情をしていた。平和を願うアレクシスの言葉にも好意的な態度を見せていたし——あの無垢《むく》な笑顔が偽りのものだとは思えない——攻撃魔法にしろ、規模こそ大きかったものの本物の悪意は感じられなかった。

(それに……)

先刻対峙《たいじ》した際、彼女と目が合った時に不思議な感覚があった。うまく言い表せないが、少なくとも、これから攻撃をしようという相手に向ける目つきではなかった。アレクシスがステファニーに敵意を抱《いだ》いていないように、彼女からも害意を感じなかったのだ。もしかすると、話し合いができる余地があるのではないだろうか……？

それとも、そんなふうに考えてしまう自分は甘いのだろうか。魔法捜査局の作戦部隊はほぼ全滅し、ダニエルも殺されかけたばかりだというのに。

（それでも、犠牲を出さずに解決できる道があるのなら——俺はその可能性を信じたい）

アレクシスの発言に対して、ダニエルはなにも言わなかった。目を閉じて、集中するように静かに深呼吸をしている。

「ブラッグさん？　大丈夫ですか？　横になって休んだほうが……」

「優等生」

ダニエルはまぶたを起こすと、紫の瞳に力強い光を宿して言った。

「お前は今すぐ、宮殿《ここ》を離れろ。可能なら、一般人を避難させて防護魔法でまとめて守ってやれ。防御魔法陣のなかから一歩も出るな」

アレクシスは呆気《あっけ》にとられた。

「ブラッグさんはどうするのですか？」

「オレは奴らからちょっくらウィクトルビスを奪って、叩《たた》き壊《こわ》してくる」

まるで散歩に行ってくるくらいの気軽さであっさりと言うが、アレクシスは「いやいや」とあわてた。

「ちょっと待ってくださいよ。勝算はあるのですか？」

「オレが魔法を無効化できるのは知ってるだろ。銃で撃たれたのには不覚をとったが、ランド程度の奴なら奇襲をかければ軽く戦闘不能にできる。問題ない。ジュリアたちももうすぐ到着する頃だしな。わかったら早く宮殿の外へ急げ」

アレクシスは口を開けたままなにか言いたげな顔をしていたが、やがて思案するような面持ちになった。ダニエルはいやな予感を覚える。

「……ブラッグさん、本当のことをおっしゃってください。応援はまだ来ないのですよね？　しかも、勝てる見込みがあるかどうかもわからない。あなたのように魔力が視覚で認識できなくても、俺にだってわかりますよ。今のブラッグさんにほとんど魔力が残っていないってことくらいは」

ダニエルは舌打ちしたい気分だった。まったく、なんだってこいつはこんなに面倒くさい奴なんだ？

「だったらなんだ。一緒に逃げろとでも言う気か？　オレがこの仕事を何年やってると思ってるんだ。魔法捜査官はどのような状況に陥《おちい》っても、これまでの経験と知識を活《い》かして任務を遂行する術《すべ》を叩きこまれている。このとおり五体満足なんだ、魔力が尽きたくらいで退《ひ》くわけがないだろ」

「逃げろだなんて言ってません。ただ、俺にもなにか手伝えることがないかと……」

「お前にできることなんかない。ついて来られたら足手まといだ。迷惑だ。わかったか？　わかったならさっさと行け！」

矢継ぎ早に言うと、アレクシスは愕然《がくぜん》とした様子で硬直した。その身にまとう魔力《オーラ》の変化で、どんな心境でいるのかが容易にわかる。少しの怒りと、悲しみ、もどかしさ、心配、傷ついた心……。

ダニエルは声の調子を落として言った。

「お前には、わかるだろ。これがどれだけ切迫した問題なのか。オレを困らせるな」

アレクシスは、少女の紫水晶《アメシスト》のような双眸《そうぼう》を見つめた。

もし、ダニエルが任務を失敗したら——この人は死ぬ。一緒にいれば、アレクシスも殺される。だから、逃げろと言っているのだ。

「俺は……あなたに死んで欲しくないんですよ」

ダニエルは不愉快そうに顔をしかめた。

「死なねえよ」

「今さっき死にかけたじゃないですか」

「いい加減にしろよ。これ以上無駄口叩くようなら、張《は》っ倒《たお》してでも言うことを聞かせるぞ」

ダニエルは低い声で言った。どうやら本気で怒っているようだが……アレクシスとしては心外だった。

「提案があります」

「……ろくな案じゃなさそうだな」

あきれたように言うダニエルにかまわず続けた。

「俺の魔力はまだまだたくさん残っています。魔法使いの師弟契約を正式に結べば、互いの魔力を共有できるのですよね？　俺の魔力を使ってください」

ダニエルは唖然《あぜん》とした。

「なにを言ってるんだお前は？」

「妙案じゃないですか。最善策だと思いませんか？　できる手はなんでも使ったほうがいいです」

ダニエルは頭痛をこらえるかのように額に手を当てている。

「馬鹿なことを言うな……」

アレクシスは憤慨《ふんがい》した。

「馬鹿ってなんですか！　どうしてひとりで戦おうとするんです？　大体、テロの危険が迫っているのなら俺個人だって他人事《ひとごと》ではないんですから、協力させてくれたって……」

「アレクシス!!」

ダニエルが突然大声を出したので、アレクシスはびっくりして言うつもりだった言葉を忘れた。出会ってから初めて、ダニエルに名前を呼ばれた。

ダニエルは深々とため息をついた。

「お前はなんにもわかっちゃいない。お前から魔力を分けてもらったとして、オレがどうすると思ってるんだ？　オレにとっての魔法は、人殺しの道具だ。目的のためなら、犠牲を出すのをためらわない。確実に奴らの息の根を止める」

大人しくなったアレクシスに、ダニエルは言い含めるように続けた。

「さっき、オレがなにを考えていたか教えてやろうか？　あの娘を説得しようなんて手間をとらず、さっさと殺しておけばよかったと思っていた。心底な。お前はそんなこと、望まないだろう？」

だが……ダニエルはステファニーを殺さなかった。怯《おび》える彼女と交渉しようとしていたではないか。そう思ったが、アレクシスはそれを口にすることはできなかった。

「オレは正義なんてもののために動いているわけじゃない。自分に正当性があるとも思っていない。お前には、その意味がわかるはずだ」

アレクシスは沈黙した。瞳が揺らぎ、内心で葛藤《かっとう》しているのがわかる。ダニエルはそれを静かな気持ちで観察した。この少年の好ましい点は、こういうところなのだ。悪事を働く人間を排除することが正しいとは言わない。多くの善人を守るために悪人を殺すことがやむを得ないとは、決して言わないのだ。

「お前は、誰も傷つけない魔法使いになるのが夢なんだろ？　いい目標じゃないか。それを貫きとおして、『立派な魔法使い』になれよ」

アレクシスは黙っていた。考えがまとまるまでのあいだ、ダニエルは辛抱強く待ってくれた。

「……ブラッグさんのおっしゃっていることはわかります。ですが、俺はここで逃げることはできません」

ようやくアレクシスが口にした言葉に、ダニエルは今度こそ本当にあきれ返った。

「……オレの忍耐力の調査でもしてるのか？」

「俺だって押し問答をしたいわけじゃありません。でも、納得がいかないものはいかないんです！　それらしい理由を提示されたからってだまされませんよ」

「はあっ!?　お前がクッソ面倒くさい野郎だから人がつき合って馬鹿でもわかるように説明してやったっていうのに……」

「俺の言い分はさっき言ったはずです！　あなたに死んで欲しくないんですよ！」

ダニエルは絶句した。

アレクシスはそれを見て、少々申しわけなさそうに告げた。

「理屈がとおらないっていうのは、わかっているんです。俺は暴力が嫌いです。どんな理由があろうと、殺人を肯定する気にはなれません。ブラッグさんが人を殺すのだって……正直、たえられない」

以前、ダニエルに言われた。「お前は一生、人殺しなんてしないだろ？」と。そのとおりだ。自分は、殺し合いで問題を解決しようとするのを許せない。

テロリストを根絶《ねだ》やしにして、犯罪はなくなるか？　それで、人々の心に平和は育《はぐく》まれるのか？　違うはずだ。きっと、さらなる悲劇と憎しみが生まれてしまう。アレクシスは、ダニエルのしていることに賛同はできない。してはならないと思っている。きれいごとだと言われようとも、それが自分の信念なのだ。

アレクシスはダニエルの目をしっかりと見て言った。

「ですが、わかっているんです。俺が平和の理想を語れるのも、今まで平穏な世界に生きてこられたのも、あなたのような人たちがそれを守ってくれていたからだと。どうして、それに背を向けて逃げられますか」

ダニエルが戦う理由は、わかっているつもりだ。この人は、見も知らない多くの人々の命が脅《おびや》かされないように、その暮らしを守るために戦っているのだ。影のようにひっそりと、賞賛もされずに、命をかけて。人間《ひと》を、愛しているからだ。自分には到底、真似できない。

「ブラッグさんはこちら側に来るなと言う。俺だって行きたいとは思っていません。ですが、ブラッグさんや、他の多くの魔法捜査官――そちら側の世界の人ばかりが負の部分を担わなければならないなんて、間違っている。ブラッグさんが守るべきだと思っている存在が、逆にあなた方に助かって欲しい、その命を守りたいと願うのはおかしいですか？」

ダニエルがなにも言わないので、アレクシスはもうひと言つけ足した。

「俺は自分が魔法を使えない一般人だったとしても、きっと同じことを思いますよ」

ダニエルは沈黙したまま、アレクシスを一発殴《なぐ》って気絶させることを考えつつも、一方では別のことを思い出していた。

三十年前、自分がアイリーンの弟子になろうと決めた時のことだ。

アイリーンは誰より秀でた強い魔法使いだった。仲間のなかに在《あ》りながらも、いつもたったひとりで戦っているように見えた。その揺るぎなさに憧れると同時に、彼女が常に深い傷を負っているように思えてならなかった。アイリーンを助けたい、力になりたい——そのためにできる唯一の方法は、彼女と同じ道を歩むしかなかった。

『私たちは罪深い。それを忘れたことはない。だから私は、自分がどんな死に方をしようとかまわない』

そんなふうに達観して言う年若い彼女の背を追いかけながらも、心の片すみでは、アイリーンに別の人生があればよかったと願っていたのだ。どうして彼女の人生は、闇のなかで生き、闇のなかで死んでいくようなものでなければならなかった？

（こいつは今、オレに同じことを思っているわけだ）

アレクシスがダニエルと違うのは、「こちら側」に来る気はないとはっきり決めている点だ。しかしテロリストを殺すのはいやだが、ダニエルにも死んで欲しくないと。まったく、とんだわがままを言ってくれる。

ダニエルは深々とため息をつき、顔を上げた。

「わかったよ、師弟契約してやる。お前の魔力を使って殺しはしない。約束する。それでいいか？」

アレクシスの顔に驚きと喜色が広がった。勢いよく返事をしようと口を開けたところへ「ただし！」とダニエルが声を張り上げた。

「あくまでその場しのぎの一時的処置とはいえ、今からお前はオレの弟子だからな。隠れてろだの待っていろだのとはもう言わん。しっかり働いて、役に立ってもらうぞ」

そこまで期間限定の師弟関係を強調しなくてもいいのに、と思いつつ、アレクシスは居ずまいを正した。

「もちろん、俺にできることならなんでもするつもりです。……暴力は別ですけど」

「攻撃魔法が使えない奴に、はなから期待するかよ」

ダニエルは小馬鹿にしたように鼻を鳴らした。

「人を殺すより、殺さないほうが何倍も難しい。お前の要求は無茶もいいところだ。それを、身をもって知ってもらおうか」

ダニエルが意地悪そうな笑みを浮かべたので、アレクシスは若干身がまえながら聞いた。

「……と、言いますと？」

ダニエルは真面目《まじめ》な顔になり、師匠としてアレクシスに正式な課題を出した。

「これからふたりで、デウム・アドウェルサの連中を殺さずに大量破壊兵器ウィクトルビスを奪う。その困難な任務の作戦は——優等生、お前が立案するんだ」

＊

その昔、魔法戦争でエリシウム公国はオムニス帝国に滅ぼされるところだった。

聖アルブム教の博愛精神を掲げて建国されたエリシウム公国は、領土と国民を守るためだけに戦うことを大公が宣言していたからである。逃げる敵兵に追い打ちをかけてはならない、捕《ほ》虜《りょ》を傷つけてはいけない——彼らはもとより同じ国の民であり、血を分けた兄弟であるからだ。

しかし、そんなきれいごとがオムニス軍に通じるはずはなく、エリシウム公国はオムニス帝国から独立して数年で滅亡の危機に陥《おちい》った。民衆は恐れおののき、それまでの平和主義をひるがえして大公よりも魔法軍部を支持するようになった。

そして大公が病に伏したことを機に魔法軍部は実権を手にし、オムニス兵を殲滅《せんめつ》する「正当な正義」を主張して反撃を開始した。ひとたびエリシウムの敗戦が回避されれば国民は歓喜し、魔法軍はますます頼りにされるようになる。みなが軍部の言うことを聞き、それが正しいのだと信じた。圧倒的な戦闘力を誇る魔法使いはもてはやされ、魔法学校は優秀な戦士を輩《はい》出《しゅつ》するための軍学校となった。大公の平和主義とアルブム教の博愛精神に耳を貸す者はいなくなり、エリシウム国民を戦火から守る魔法を研究していた者は、残酷な攻撃魔法や大量破壊兵器の開発に心血を注ぐようになった。戦争が激化するほど互いへの憎しみは増し、数えきれないほどの命が失われた——

（とてもきれい……）

ステファニーは、クータスタ王家の霊廟で円天井《まるてんじょう》を見上げていた。台座に置かれたウィクトルビスから放たれた光が、投影機のように天井を照らしている。美しい光が映しているのは世界地図だ。所々星のように輝いて見える箇所は、世界に点在する強力な魔力溜まり《マギア・マクラ》の地点を示している。

ウィクトルビスのこの機能を使うためには、大きな半球形の天井を持つ部屋が必要だった。計画当初から、この霊廟は候補のひとつに挙げられていた。通常、輪廻転生《りんねてんせい》を信じている東方人は墓を作らないものだが、前代のクータスタ王が先祖を祀《まつ》ることでその叡智《えいち》と加護を得られると考え建立《こんりゅう》された。広大な敷地にそびえ立つ白亜の聖堂は、王族の権威と栄華を知らしめる荘厳《そうごん》なたたずまいだ。しかし今は警備の者も一切排除され、墓にふさわしい静けさに満たされている。

（もうすぐ、本当の意味での世界平和が実現されるのね……）

今から五十年以上前、一度は戦況を盛り返してオムニス帝国と互角の戦いを見せたエリシウム魔法軍だったが、やがて劣勢を強《し》いられるようになった。国は疲弊《ひへい》し、国庫はからっぽ、もはや風前《ふうぜん》の灯火《ともしび》と思えた時、彗星《すいせい》のように現れた人物がいた。まだ年若い魔法使い、アレクサ

ンダー・スワールベリーだ。

彼はみずから最前線に立ち、オムニス軍の攻撃から人々を守った。オムニスの兵器を打ち砕《くだ》き、多くの犠牲が出る前に敵将の身柄を拘束した。形勢は一気に逆転し、今度はエリシウムがオムニスを滅ぼす機会がめぐってきた。けれどもアレクサンダーはそれをせずに、和議の申し入れをしたのだ。結果、十年続いた魔法戦争は終結し、和平条約が成立した。

アレクサンダーは西方国では誰もが知る英雄、魔法使いにとって憧れの人である。ステファニーも幼心《おさなごころ》に夢見たものであった。それだけに、その曽孫《ひまご》であるアレクシスと今日会うことができたのには驚いていた。

（エリシウム人ではめずらしい、黒目黒髪の方だったわ。アレクサンダーと同じ……）

伝説の英雄のイメージとは異なり、線が細くて育ちの良さそうな少年だった。少々神経質そうな顔立ちなので黙っていると冷たく見えるが、言葉を交わすと印象が一変する。優しくおだやかで、とてもあたたかい声をしていた。

もっと話がしてみたかったが、アレクシスは自分たちの計画を邪魔する者とともにいる。もしも彼らが追ってきたら、戦わなくてはならない。

（そんなことにはなって欲しくないけれど……）

ステファニーは星空のような天井から視線をはずし、かたわらをかえりみた。

ウィクトルビスの光はまぶしいほどになっていた。デウム・アドウェルサの魔法使いがひとり、またひとりと手を触れて魔力を注ぎ終わるたび、その輝度は上がっていく。彼らはぎりぎりまで魔力を注入し終えると、疲れた様子で御堂《みどう》のすみに設《しつら》えた魔法陣のなかへ入った。すぐにその体は転送され、戦いに備えたそれぞれの持ち場に戻っていく。だがいざ戦闘になったら、戦力としては心もとない。彼らが敵と遭遇する前に、早くことを成さなくては。

「そろそろ、発動できそうか？」

最後のひとりが退出すると、ランドンが言った。壁にもたれ、腕を組んだまま天井を見上げている。ステファニーは答えた。

「はい。攻撃地点はエリシウムの各地、首都ソルフォンスの魔法庁本部及《およ》び各支部に照準を指定してあります。現在は魔力溜《マギア・マクラ》まりの波動の調整をしている段階です。世界各地の魔力を同調させ、その波長が最高潮に達した瞬間に攻撃の第一波が起こります」

ランドンは満足げな笑みを浮かべた。

「具体的には、あと何分だ？」

「三十七分です」

「まだそんなにかかるのか……。それまでに捜査局の犬が乗りこんで来たらどうする？」

それまで石棺《せっかん》の上に腰かけ、じっとしていたヘンリー・モランが口を開いた。

「ここに至るまでには、いくつもの罠《わな》と結界を用意してある。魔法捜査官がプンダリーカに入りこんでいるという情報もあるが、四十分足らずでたどり着くことはできないよ」

この霊廟はプンダリーカから二百キロも離れた場所にある。唯一の直通手段である王宮内の転送魔法陣もすでに破壊した。追ってくることは困難だ。

「しかし、あのブラッグという奴は魔法が効かないというではないですか。しかも一緒にいるのは、アレクサンダー・スワールベリーの曽孫だ」

ヘンリーは黙っている。その顔色は決して良くはない。治癒魔法を施したとはいえ、まだ充分な回復には至っていなかった。

今現在、この計画の指揮をとっているのは他ならぬヘンリーだ。当初リーダーを務めていたオムニス人の魔法使いは先日魔法捜査局との戦闘がもとで亡くなり、後任の男も先ほどダニエルに殺されてしまった。

ヘンリーにその役目が回ってきて、本来なら好都合だと喜ぶ場面なのかもしれない。しかし今のランドンは不安のほうが勝っていた。

「ヘンリー殿。あなたを信頼しているからこそ、私はこれまで黙って従ってきた。ですが精鋭《せいえい》だと聞いていたオムニスの魔法使いは、すでに半分以上がやられている。これで本当にうまくいくとでも?」

「計画に犠牲はつきものだよ。魔法捜査局の追跡を阻止するには、エリシウムに多くの人員を割くしかなかった。おかげで向こうも大打撃をこうむっただろう。ウィクトルビスの攻撃にはろくな対応ができないはずだ。政府はなすすべもなく私たちの要求を受け入れるしかなく、魔法捜査機関の信用は地に落ちる」

「だがウィクトルビスを発動できなければ、それもすべて無駄だ！　ブラッグとスワールベリーがここまで来たらどうするのです？　国外にいるアドウェルサのお仲間が到着するのを悠長に待ちますか？　私たちは奴らに姿を見られている。失敗は許されないのですよ！」

　計画が破綻《はたん》したとしても、確固たる社会的地位を持った政治家と弁護士には戻れないのだ。あのふたりを始末しない限りは。

　ヘンリーは考えにふけるように沈黙している。ステファニーは不安そうに夫と父の顔色をうかがった。

「そうだ、アレクサンダーの曽孫……彼が関わってきたのは想定外だった」

　ヘンリーはひとり言のように言った。

　マーシー・ヘザーが単独行動の末に返り討ちにあった際、ダニエル・ブラッグのそばに魔法学校の生徒がいると報告されていた。調査の結果、スワールベリー一族の次期当主だという。初めは生け捕って人質として利用する計画が練られたが、結局足どりを追えずにとり逃がしてしまった。しかしまさか、みずから平和式典の場に現れるとは。

　その時、ヘンリーの足もとに置かれた水瓶《みずがめ》の水がパシャンと跳ねた。仲間からの通信だ。ヘンリーは水瓶を持って立ち上がると、広い壁に向かってザッと水をまいた。水は大理石の白い壁を濡らし、離れた場所の映像を浮かび上がらせる。

『こちら西門、侵入者あり』

霊廟の周囲には、水路を配した巨大な庭園が広がっている。西側には王が愛した妃《きさき》が眠る聖堂がある。一見なにごともない光景だが、よくよく注視してみると美しい白亜の尖塔《せんとう》の下《もと》、芝生《しばふ》の上を走るふたり分の影が見えた。頭まですっぽりとローブに身を包んでいるせいで、認識阻害の魔法が働き目視されにくいのだ。

「来たようだね」

ヘンリーはつぶやくと、通信相手に指示を出した。

「ブラッグには攻撃魔法を使っても無駄だ。予定どおり、転移魔法陣を駆使して隙《すき》を作れ。攻めこむ際には徹底してスワールベリー……背の高いほうを狙え」

『了解』

侵入者ふたりは建物の陰から陰へすばやく移動して進む。その様子を見てランドンが怪訝そうに言った。

「なぜ、手をつないでいるんだ？」

侵入者は、走る時も階段を上る時も常に手をにぎり合っている。動きづらいに違いないだろうに、どうも妙だ。

ふたりが霊廟の本殿に向かう階段を上り切る寸前――一番攻撃をかわしにくいタイミングだ――百の矢がいっせいに降り注いだ。魔法で召喚されたそれは、通常の倍以上の速度で襲いかかる。

(さあ、ブラッグはどう防ぐ――)

ヘンリーが目を凝らすなか、ふたりの周囲にパッと光が展開し、矢はすべて弾き返された。

(防御魔法！)

ブラッグは魔法で攻撃を防ぐことはできないはずだ。スワールベリーがやったのか？　しかし、まだ学生の見習い魔法使いにあれほどの対応力が備わっているはずがない――

侵入者たちは歩みを止めず、そのまま本殿の入り口に駆けこんでいく。大きな玄関扉はわざと薄く開いてあった。ダニエルがそこをくぐった瞬間、正面から巨大な岩が音もなく飛来する。まともに受けたら突進する象に撥ねられるような威力だ。だが岩が衝突することはなかった。入り口から半身だけ屋内に足を踏み入れたダニエルの目と鼻の先で、岩は粉砕した。防御魔法の魔力がキラキラと輝きながら散り、岩は文字どおり砂粒と化して宙を舞った。

「そうか」

ヘンリーが声を上げた。

「あのふたりは魔法使いの師弟契約を結んだのだ。スワールベリーの魔力をブラッグが使用している」

それを聞き、ランドンは眉根を寄せた。

「すると、奴らにどんな益があるのです？」

「ブラッグは魔力の扱いが巧《たく》みだが、魔力量が少ない。スワールベリーがアレクサンダーの才能を継いでいれば魔力量は相当なはずだが、実践経験はない。師弟契約はその欠点を補填《ほてん》できる」

ステファニーが口を開いた。

「私とお父様も師弟契約を交わしています。師弟は魔力を共有できる他に、互いの得意属性が異なれば、苦手な属性の魔法に対しての耐性が高まるなどの利点があります。ですが、近親者以外――性質が大きく異なる者同士が契約をした場合、初めのうちは波長が合わずにそれらの作用がうまく機能しないのです。普通なら、魔力消費の激しい戦闘には適さないはずですが……」

ステファニーはとまどったように言葉をにごした。そう、ダニエルが魔法を使うたびにアレクシスの魔力をごっそり引き出していたら、提供する側は具合が悪くなって当然なのだ。

「おそらく、ブラッグがスワールベリーに負担をかけないようにうまく魔力を調整しているのだろう。あのふたりが手をつないでいるのはそのためだ。互いの魔力をバランスよく保ち、効率的に魔法に変換できるよう循環させている。だが、それを乱さないためにスワールベリーのほうは一切魔法を使えないはずだ。使えば俗に言う『魔力酔い』を起こして前後不覚になってしまう」

三人が話をしているあいだにも、侵入者は通路を突き進んでいた。行く手に仕かけられた魔法陣が次々と発動して攻撃を浴びせるが、どれひとつとしてかすりもしない。転移魔法で目の前に大きな虎が出現しても、ダニエルはまったく動揺を見せなかった。アレクシスをかばいながら、跳びかかってきた猛獣をひらりとかわして距離をとり、自分たちの周囲に炎の円陣を展開する。虎が様子をうかがっている隙にその足もとに光が走った。

（魔法陣？　どうやって離れた床にそれを描いているのだ？）

できあがっていく魔法陣の紋様を見てヘンリーは目を見張った。ダニエルは先ほど虎を転送した魔法陣を瞬時に読みとり、それを正確に再現している。それも術式を反転させて、虎をもといた場所へ送り返す気だ。

しかし集中しているダニエルのもとへ、アドウェルサの魔法使いが襲いかかった。天井に描かれた魔法陣から現れた刺客《しかく》がアレクシスに向かって剣をふり下ろす。

ダニエルがハッと顔を上げ、ふたりを守る炎の陣が消える。ダニエルは恐ろしいほどの速さと力でアレクシスの腕を引っ張って――ぶん回すという表現のほうが適切だ、弟子の肩を脱臼《だっきゅう》させる気か？――襲撃者から遠ざけ、剣が空《から》ぶって前のめりになった男のあごを真下から思いきり蹴り上げた。ダニエルのフードが脱げ、長い黒髪が風を切るように揺れる。即座にふり向いた眼前には虎の牙《きば》と爪が迫っていた。少女の人形のような顔《かんばせ》が真《ま》っ赤《か》な血に染まる――かと見えたが、虎は音もなく姿を消した。その床には、淡く発光する転移魔法陣が描かれていた。

ランドンもステファニーも息を呑《の》んで沈黙してしまった。ダニエルの戦闘能力は尋常《じんじょう》ではない。

突如《とつじょ》ヘンリーが笑い出したので、ステファニーはびっくりした。

「お父様？」

「やってくれるではないか。すばらしい、今の時代にこんな魔法使いが存在するとは」

ヘンリーの瞳は楽しげに輝いていた。まるで、好敵手にめぐり会えて嬉《うれ》しいといったように。

「ステフ、ここは任せたよ。客人の相手は私が引き受けよう」

ヘンリーに微笑《ほほえ》みかけられ、ステファニーは一瞬なにか言いたげな顔をしたが、ゆっくりとうなずいた。

「はい、お任せください。ご武運を」

ランドンが妻の横に立って言った。

「彼女のことは、私が必ず守ります」

腰に下げた短銃のグリップに手を添える。

ヘンリーとランドンが視線を交わして小さくうなずき合うと、ステファニーも言った。

「旦那様のことは、私がお守りします」

ステファニーが笑顔を見せると、ヘンリーは目を細めた。

「良い夫婦だ」

そう言って懐中時計を確認すると、転移魔法陣のなかに立った。

「行ってくるよ。ウィクトルビスが発動するまでの二十三分、持ちこたえてみせよう」

ヘンリーが転移した直後、それまで常に淡く発光していた転移魔法陣が光を失い、消えてしまった。ステファニーの顔がくもる。

「お父様、向こうで魔法陣を壊してしまったのだわ。もう誰もここへは入って来られないように……」

この霊廟の本殿に至る道はひとつしかなく、それもすでに封鎖してあった。通路は破壊され、土砂が天井まで堆《うずたか》く積まれて入りこめるすき間はない。無理に壊そうとすれば、建物自体が崩壊して生き埋めになってしまう。時間内に侵入者が突破するのは不可能だろう。

ランドンは妻の横顔を眺めながら聞いた。

「私には魔法使いの技量についてはわからないが、ヘンリー殿に勝算はあるのか？」

「ダニエル・ブラッグという名前は、デウム・アドウェルサのなかでは有名です。彼は二十年以上魔法捜査局に所属し、第一線で活躍していた歴戦の猛者《もさ》です。優れた身体能力を活かした奇襲と速攻が得意で、反撃の余地を与えずに敵を制圧してしまいます。近接戦闘で敵う人間はほとんどいないでしょう……」

ステファニーは唇《くちびる》を噛みしめた。

おそらくダニエルを攻略する一番有効な方法は、魔力が少ないという欠点を突いた長期戦と長距離戦だ。戦闘が長引けば魔力切れは避《さ》けられず、また距離をとって戦う相手を攻撃する術《すべ》を彼は持たないからだ。けれどもアレクシスという魔力供給源があるのなら、その手もすでに通用しないだろう。

ランドンはステファニーの肩に手を置いた。

「だが、君の父上の本領は戦略だ。勝負というものは、単純な戦闘力で決するものではない」

ステファニーが顔を上げると、ランドンは力強い笑みを浮かべていた。

「ヘンリー殿の表情《かお》を見ただろう。敗北を覚悟していた姿だったか？　こんな状況にありながらも、彼は楽しんでいた。だから大丈夫だ。自分の父親を信じなさい」

ステファニーは破顔した。

「はい」

(そうだわ。私は、今の自分にできることをしよう)

ステファニーはウィクトルビスの前に立ち、そっと手を触れた。第一波の攻撃の発動時間をこれ以上速めることはできない。しかし、他にも設定しておけることはある……。

静まり返った霊廟のなかで、ステファニーは集中を続けた。ランドンも彼女の邪魔をしないように沈黙を保ち、壁に映し出されたままのダニエルの戦いぶりをじっと眺めていた。転送魔法陣で召喚される様々な攻撃は大した時間稼ぎにもならず、侵入者の進攻を止めることはできない。じりじりとした焦燥感《しょうそうかん》が募《つの》り、時が経《た》つのがとても遅く感じられる。

やがて、ダニエルとアレクシスの行く手にヘンリーの姿が現れた。

ヘンリーは二十メートル以上離れた場所から攻撃を仕かける。ダニエルは防御魔法で巧みにそれを防ぎながら、同時に反撃の魔法を放った。鋭く走った光から、雷《かみなり》魔法だとわかる。ダニエルの狙いはヘンリー自身ではなく、壁を破壊することだった。瓦礫《がれき》と粉塵《ふんじん》で視界を塞ぎ、奇襲するのが彼の十八番《おはこ》だからだ。しかしヘンリーはそれを予想していたようで、雷《いかずち》に衝突させるように水魔法を放っていた。水を介《かい》した電気は拡散され、雷撃は威力を弱めてしまう。そして水はそのまますべるように勢いよく床を流れ、ダニエルとアレクシスの足もとをすくう。そこへ壁に仕かけられた転移魔法陣が次々と攻撃を加えた。ダニエルは瞬時に防御魔法を展開してしのいだが、ヘンリーが放った追撃——無防備なアレクシスを狙った鋭い一手——にはたまらず後退した。風魔法で体を吹き上げながら後方へ跳躍《ちょうやく》し、五メートルほど距離をとる。

（あのブラックを退《ひ》かせた——！）

ランドンは驚嘆し、ステファニーと無言で視線を交わした。

（お父様、がんばって……！）

ステファニーは祈るように両手を組み、ふたりとも固唾《かたず》を呑んで通信映像に見入った。

ヘンリーは健闘している。隙を見せず、ダニエル相手に一進一退の攻防をくり広げていた。

時おりデウム・アドウェルサの戦闘員が絶妙なタイミングで奇襲を仕かける。ヘンリーの指示に違いない。常にあと一歩のところでダニエルにかわされてしまうが、徐々に彼らを追いつめているようにも見える。ダニエルはだんだんと攻撃よりも防御のほうに力を割くようになり、あちこちに目を配っている様子からはしだいに余裕がなくなっているのがうかがえる。

「残り時間、十五分を切りました」

ステファニーが告げ、ランドンは汗ばんだ手で拳《こぶし》をにぎった。

あと少し、もう少しだ――

映像のなかのヘンリーは苦しそうに肩で息をしている。魔力も体力もかなり消耗《しょうもう》しているのだろう。しかし今攻撃の手をゆるめれば、ダニエルに反撃の機会を与えてしまう。ここが踏ん張りどころなのだ。相手に劣勢を強いた状態で、このまま一気に片をつける好機――！

ドクドクと心臓の鼓動が高鳴るなか、不意にランドンの視界がかすんだ。

（なんだ……？）

気がつくと、かすかに霧《きり》のようなものが周囲に立ちこめていた。不審《ふしん》に思ったところで頭がくらりと揺れ、強烈な睡魔に襲われた。なすすべもなくランドンは意識を失い、その場にドサッと倒れた。

「旦那様？」

ステファニーは床に伏した夫を呆然《ぼうぜん》と見つめた。ハッとして、御堂のなかを見回す。大きな祭壇の後ろからわずかな魔力を感じた瞬間声を上げた。

「雷光《フルグル》！」

パッと雷撃が走り、大理石の祭壇が弾け飛ぶ。その裏に魔法陣の光を見て、ステファニーは目を見開いた。

（転移魔法陣――！）

それは今の一撃で破壊されたが、誰かがここに侵入している！

ステファニーは魔力をふるって稲妻を部屋中に走らせた。いつのまにか濃霧となった魔法の霧が邪魔で視界が悪い。だが、どこに隠れていようと雷から逃げられるはずはない。

パンッと防御魔法に雷が撥ね返されるのを察知し、ステファニーはさっと視線を向けた。だが、誰もいない。認識阻害の魔法？　侵入者を捉えようと、両目に魔力を集中して目を凝らす。

（どこ？　どこにいるの――？）

ランドンを背にかばい、ウィクトルビスから意識をそらさないようにしながら懸命に侵入者を探す。

その時、コト、と小さな音がし、部屋を照らしているウィクトルビスの光が揺らいだ。

いや、光が揺れたわけではない。台座の上に置かれているウィクトルビスを、誰かが持ち上げたのだ。

ステファニーはその人物を見た。

そこには、両手でウィクトルビスを抱えたアレクシス・スワールベリーが立って静かにこちらを見つめ返していた。

*

ステファニーはまじまじとアレクシスを凝視した。まとったローブのフードがすっぽりと頭を覆ってはいるが、どう見ても英雄アレクサンダーの曽孫その人だ。

「どうして……」

つぶやきながら、横目で通信魔法の映像を確認する。だって、今も戦闘中のダニエルはしっかりとアレクシスの手をにぎっているではないか。

怯《おび》えたような表情のステファニーに、アレクシスは困ったように微笑《びしょう》した。そうやって笑うと、鋭い目もとがやわらいでずいぶんと優しい顔になる。

「ブラッグさんのそばにいるあれは、幻影なんだ。私の魔力を真似て、見た目をそっくり写しとった、幻覚魔法」

ダニエルが日頃、自身の魔力を変質させて他人に化けている魔法の応用版だ。実体は魔力エネルギーの集合体にすぎないので、偽者《にせもの》のアレクシスはしゃべったり表情を変えたりはできない。しかし、忙《せわ》しない交戦時に見破られる可能性はかなり低い。それだけ精巧な出来栄えの魔法だ。

この魔法を考案したのはダニエルだが、潜入作戦を提案したのはアレクシスだった。ダニエルに作戦を立てろと命じられた時には狼狽《ろうばい》したが、ちゃんとゆえあってのことだった。

「オレが考えたら、どうやったってアイリーン方式のやり方にしかならない。どうせお前は反対だろ？」

「アイリーンさん方式？」

「力業《ちからわざ》で強行突破からの、全員ぶちのめし」

「…………」

「それがいやなら自分で案を出せ。師弟契約を交わしてから、奴らの足どりを突き止めるのに少しは時間がかかる。そのあいだになにか考えろ。実現可能かどうかは考慮しなくていい」

「考慮しなくていい？」

実現できなければ、作戦を立てる意味がないのでは？　いぶかるアレクシスに、ダニエルはにやりと笑った。

「それはオレが検討することだろ？　いいか、優等生。任務っていうのは、協力と信頼でもって成功に近づく。お前が真剣に実現させたいと思って出した案なら、オレは真面目にその方法を考える。それがチームプレーってもんだ」

そんなふうに言われたら、本当に本気で考えないわけにはいかないではないか。

アレクシスはフル回転で頭を働かせ——結局、極力犠牲を出さずにことを収めたいという望みがこの作戦を生み出した。つまり、気づかれないように本丸に侵入し、戦わずしてウィクトルビスを奪取するというもの。そのためにダニエルが危険な陽動役を引き受けることになってしまったのにはためらいを感じたが、信頼することが大切だと教えられたばかりだ。ダニエルも、こうしてアレクシスに重要な役目を任せてくれた。

アレクシスは通信映像をちらりと見やった。ダニエルはあいかわらずの強さで戦い続けているが、実はヘンリー同様それほど余力があるわけではない。アレクシスに魔力酔いを起こさせないために、ダニエルには初めにまとまった量の魔力を引き出してもらい——それもかなり消耗するものだったので、アレクシスはこうやって行動を起こすまでに時間を要した——それ以降は魔力の供給をしないと決めていた。つまりダニエルの使える魔力には限りがあり、それが尽きてしまえば魔法戦はできなくなる。そのためにも、早急に兵器を破壊しなければならない。

その兵器は今、アレクシスの手のなかにある。だが、それで終わりというほど簡単な話ではなかった。

（発動を中止したいけれど、ロックがかかっている……）

魔法具についてはかなり勉強しているので、初めて触るものであってもそれなりに扱える自信があった。ところが、すでに設定されている攻撃の術式には何十もの鍵がかけられていた。

これを解除するのは並大抵のことではない。

魔力そのものを変質させられるダニエルなら、難なく解けるに違いない。ダニエルからも、ウィクトルビスの奪取に成功したらすぐに脱出して合流するよう言われていた。しかし、そのための転移魔法陣は今さっきステファニーに破壊されてしまった。彼女の目を盗んで新たな転移魔法陣を描くことは不可能だ。独力でなんとかするしかない。

(他の方法を考えろ。攻撃の標的を変更することはできないか？)

魔力を送りこんでみるが、阻《はば》まれてしまう。ダメだ。解析《かいせき》して術式に作用しようと試みているあいだに、タイムリミットがきてしまう。

(まずいな)

内心で焦りながらも、表面上は努めて冷静を装った。目の前にいるステファニーから、解除法を聞き出すことは可能だろうか？　この堅牢《けんろう》な錠をかけたのはこの娘《こ》以外に考えられない。

ステファニーは緊張した面持ちでアレクシスを見つめている。ふたりの周囲をフワリと淡い霧がただよっていた。

「眠りの霧《ソムヌス・ネブラ》……」

ステファニーが言った。ランドンはこの霧を吸いこんだがために眠らされてしまったのだ。

「君には効かないようだね」

「私はこの作戦を遂行するためにウィクトルビスを護《まも》ることを任された、計画の要《かなめ》。どんな攻撃にも対抗できる万全の防護魔法を施しているわ」

ステファニーはすでに落ちつきをとり戻していた。ランドンが意識を失っている今、アレクシスがなにをしてこようとひとりで対処しなくてはならない。夫とウィクトルビスを守れるのは自分だけなのだ。

「私たちがお父様の戦いに気をとられているうちに、転移魔法で侵入していらしたのですね」

まったく気がつかなかった。ステファニーたちがいる場所の正確な座標を割り出して転移してきたことも驚異的だが、気配だけでなく姿さえも完璧に消していたのだ。

警戒心を募《つの》らせるステファニーに、アレクシスはおだやかに言った。

「隠蔽《いんぺい》や隠密《おんみつ》の魔法は、昔から得意なんだ」

あまり誇《ほこ》らしいことではないが。寝こみを襲われるという恐怖体験をしたせいで、人目につかないようにする魔法を色々と覚え、鍛錬《たんれん》をしてきた。特に、姿を見えないようにするのは最近覚えた魔法を付加してかなり精度を上げることができた。光を屈折させることで、物体を視認できないようにする魔法……対象を透明になったように見せるこの魔法は、ダニエルにオレンジを消す方法を考えてみろと言われた時に思いついたものだ。まさか、こんなところで役に立つとは。

「たとえ私を殺しても、ウィクトルビスの発動は止まりませんよ」

「殺したりなんかしないよ」

アレクシスは言いながら、両手のひらに魔力をこめて集中していた。電気を流してみればどうにかなるかと思ったが、たとえ強力な雷魔法で攻撃を加えたとしても、この魔法具は壊れそうにない。

「お優しいのですね。さすが、英雄アレクサンダー様の曽孫様。この霧も、ただ眠らせるだけの魔法。無闇に人を傷つけることはなさらない……」

ステファニーは笑みを浮かべた。本当に、そうしていると無垢《むく》な優しい少女にしか見えない。

「君の魔法も、テロリストの使うものじゃない。君は極力犠牲を出さない魔法の使い方をしている。そんな君が、どうして多くの人の命を奪う計画に参加しているんだ？」

アレクシスの言葉に、ステファニーは悲しげな顔をした。

「テロリストだなんて。私たちは平和を望んでいます、アレクシス様。この計画は、平和の実現に欠かせない手段なのです」

ステファニーの真剣なまなざしに、アレクシスは困惑した。

「このウィクトルビスは、これから何千人もの人々を殺す攻撃を仕かけようとしている。それが平和を望む者のすることなのかい？」

ステファニーはかぶりをふった。

「崇高《すうこう》な目的のためには、不可避な必要悪というものがあるのです。真に平和な世界を創《つく》るためには、社会から一掃しなくてはならない存在を見逃すわけには参りません」

アレクシスの心臓が胸騒ぎを覚えたようにいやな鼓動を立て始めた。この子は一体、なにを言おうというのだろうか？

「今、世のなかは偽りの平穏を装っているにすぎません。国家の中枢《ちゅうすう》がそのように国民を欺《あざむ》いているからです。魔法戦争が終結してから、平和主義を謳《うた》うエリシウム政府が裏ではどんな悪辣《あくらつ》なことを行ってきたかご存じないのでしょう？」

アレクシスを見上げるステファニーの緑色の瞳が、暗くかげった。

「戦時中は消耗品のように戦場に送って見殺しにしてきたというのに、いざ終戦を迎えたら手のひらを返し、魔法使いを糾弾《きゅうだん》した。政府は自分たちに都合のいい理屈を並べ立て、魔法庁を発足しました。軍隊を廃止させておきながら、国民を守るために必要な正義などと言って魔法捜査官という武力を持った人材の育成を始めたのです。魔法使いは戦犯の汚名を着せられ、居場所を追われ、その存在を否定された。魔法捜査官なんて、国家の猟犬にすぎません！　彼らが私たち魔法使いの同胞《どうほう》をどんな目に遭わせてきたと思いますか？　それなのに、奴らは決して裁かれることはない！　なぜなら、国に認められた正しい殺人者だから！」

ステファニーは両目から涙をあふれさせていた。

まだあどけなさを残した少女から放たれたとは思えない魂の叫びに、アレクシスはただ黙って彼女を見つめることしかできない。

「アレクシス様。あなたがあのダニエル・ブラッグになにを吹きこまれたかは存じませんが、魔法捜査局が正義の組織などというのはまったくのでたらめです。彼らの愚行《ぐこう》を世間に知らしめ、私たちを排除しようとした報いを受けさせなくては」

「……それが、君たちの目的なのか？　復讐《ふくしゅう》をするため？」

ステファニーはこぼれ出る涙を拭った。アレクシスの声はやわらかく、あたたかみが感じられる。本当に優しい人なのだろう。この方が自分たちの思想に賛同してくれたなら、どんなに嬉しいことだろう。

「いいえ、私たちの目指すところは真に美しい社会を創り出すことです。不正を暴《あば》き、間違いを正し、争いや偽りのない平和な世界です。魔法を使える者も、そうでない者も平等に恩恵にあずかることができ、差別や格差のない平穏な世界……」

ステファニーは歌うように言った。そのまなざしは、みずからの語る理想が最高のものだと信じて疑わないきらめきに光っている。アレクシスはどうしてかその瞳を見ているのがつらくなり、視線をそらした。

「……そのためには、魔法政府を攻撃するのはやむを得ないと言うんだね」

「あなた様がそれを受《う》け入《い》れ難《がた》いとお思いになられるのは、仕方がないことだとは思います。ですが、彼らが先に私たちを狩り、多くの仲間を殺したという事実を忘れないでくださいませ」

アレクシスは再びステファニーの双眸を見た。翠玉《エメラルド》色の瞳はとてもきれいで、真摯《しんし》に訴えかけるようにこちらを見ている。どうかわかって欲しいと、アレクシスに理解を求めている。

「ステファニー、私は戦争を知らない」

アレクシスはおだやかに言った。

「だから、私はこれまで教わった知識や聞きかじった話だけで、なにかを論じたり、提言したりすることはできない。けれど、想像することはできる。痛みを味わった人の苦しみを、それを忘れられない人々の気持ちを。私はそれに手を差し伸べられる人でありたいと思う。曽祖父《そうそふ》を始め、スワールベリー一族からも大勢の魔法使いが戦争に参戦し、多くの人の命を奪い、奪われた。私もその末裔として、目を背けずにできる限りのことをしたい。でもそれは、決して武力によって行うことではないと思っている」

ステファニーの表情が凍りついた。

「君の言う悲しみや痛みが癒《い》えればいいいと、心から思うよ。けれども私は、それを理由に新たな惨劇《さんげき》を生み出すような行いには、同意できない」

アレクシスが告げると、ステファニーの顔からゆっくりと感情が抜け落ちていった。

アレクシスはにわかに緊張して彼女の様子を注視した。どこか不穏な空気を感じる。ステファニーは視線を落とし、アレクシスの手のなかにあるウィクトルビスを見た。

「……それで、どうなさるのです？　ウィクトルビスの発動まで、残り二分十五秒。あなた様に止めることはできません」

アレクシスは気がついた。すっかり感情を失ったように見えたステファニーに唯一残ったもの。それは己《おのれ》を守るように打ち出された、強固な拒絶の姿だ。

直感した。もう、彼女にはなにを言っても通じない。

説得も、解除も破壊もできない。一体どうすればいいのかと焦るアレクシスに、ステファニーは失望したような声音で言った。

「お優しい方。私を締め上げて、無理やりにでも解除法を聞き出せばいいのに……」

奇妙になにかが欠けたような笑顔を浮かべ、不意にその笑みが消えて暗い顔になった。

「本当に残念です、アレクシス様。――破滅の歌《カンティクム・デストルクティオ》」

「!!」

アレクシスはハッとして身がまえたが、その時にはもう手遅れだということを悟っていた。

ステファニーの胸もとに、光る紋様が浮かび上がる。詠唱なしで高難度の強力な黒魔法を行使するための入れ墨《タトゥー》――禁術だ。一瞬で増幅した魔力がまがまがしい瘴気《しょうき》をまとってステファニーの体からふくれ上がり、巨大な鳥の姿となって両翼を広げた。アレクシスは防御の呪文を唱えたが、間に合わない。いや、たとえ間に合ったとしても、こんな攻撃を防げるはずが――

漆黒《しっこく》の風が吹き荒れ、黒い鳥がこの世の終末を告げるかのような不吉な雄叫《おたけ》びを上げる。ビリビリと衝撃波が襲い、事前に展開していた防護魔法が吹っ飛んで身が裂かれるような苦痛を感じた。

黒い鳥は翼をはためかせ、魔力を収束してアレクシスに標的を定める。先ほどの衝撃で神経麻痺《まひ》を起こしかけていた。立ったままの体は逃げようにも動かない。いや、どこにも逃げ場などない。

黒い鳥が魔法を放ち、アレクシスは思わず目をつむって自分の肉体がバラバラに砕かれることを覚悟した。

「あああああぁぁ————ッ!!」

しかし、悲痛な叫び声を発したのはアレクシスではなかった。両目を開け、ステファニーの体が白い光に打たれているのを見た。

(電撃——!?)

驚きに目を見張るアレクシスの前で、ステファニーは膝《ひざ》をついてその場に倒れた。黒い鳥の姿も煙のように消える。一瞬、ステファニーが死んでしまったのかと思ったが、全身に軽い火傷《やけど》を負っているだけで、息はあるようだ。いつのまにかアレクシスが落としてしまったウィクトルビスが、クルクルと光を放ちながら床を転がっていく……。

その球体を、白い手袋をした手がさっと拾い上げた。

「やれやれ……とんだ真似をしてくれるな、エリシウムのご令嬢は」

あきれたようにそう言ってふり向いたその人は、黒い軍服を身にまとったオムニスの貴族——ロベルト・ウァロだった。

「大丈夫か？　アレクシス。助けが遅くなってすまなかった。まったく、アレクサンダーの末裔を殺そうとするなど、信じ難い。それこそ国中を敵に回すようなものだと、なぜわからないのだ」

「ヴァロ卿《きょう》……」

手のなかでヴィクトルビスを転がして言う。

「ふむ。攻撃の第一段階はエリシウム国内の主要都市十ヶ所。あと十三秒で発動か」

アレクシスはハッとして叫んだ。

「止めなくては！　ヴァロ卿、どうにかできませんか!?」

「まあ、任せろ」

ロベルトは落ちつき払って言うと、ヴィクトルビスに両手を当てて静かに魔力をこめた。パアッと光の強さが増したあと、急速にその輝きが失われていく。

「よし、これで攻撃の設定は解除された。もう大丈夫だぞ」

あまりにもあっさりと告げるので、アレクシスはすぐには事態が呑みこめなかった。

「ほ……本当に終わったのですか？」

「嘘《うそ》だと思うのか？　そら、もう十三秒経ったぞ」

アレクシスは沈黙した。確かに、なにも起こらない。

「あれほど難解な術式のロックを、ものの数秒で解かれるなんて……驚きました。一体どんな魔法を使われたのですか？」

「なに、デウム・アドウェルサの扱う魔法に詳《くわ》しいだけさ。諜報員《ちょうほういん》を潜入させ、組織の動向には何年も目を光らせてきた。こたびの一件も早くに手を打ちたかったのだが、奴らの目的を突き止めるまでは手を出すことができなかったのだ」

「よく言う。諜報員とは名ばかりで、アドウェルサに加担して多くの犯罪に手を染めているくせに」

不意に御堂に響いた声にふり向くと、長い黒髪の少女が立っていた。背後にはロベルトと同じ軍服姿のオムニス貴族がいる。床に描かれた転移魔法陣から、彼らが転移してやってきたのだとわかった。

「ブラッグさん」

アレクシスはほっとして息をついたが、ダニエルは真っすぐロベルトに視線を向けている。

「人聞きが悪いな、ブラッグ捜査官。エリシウム魔法捜査局の人間も、潜入捜査は日常茶飯事ではないか。君らが時に潜入先で悪事に協力していることは知っているぞ」

「潜入捜査は犯罪者を逮捕するための手段だ。だがあんたらがやっていることは、犯罪組織を利用した不正行為だろ。多くの情報を手にしながら、自分たちに都合のいいことには目をつむって干渉せず、アドウェルサが事件を起こしてもかまわない。むしろ利益になりそうなことには積極的に援助の手を差し伸べる。あんたも立派な奴らのお仲間だろ」

ロベルトは落ちついた態度を崩さないままダニエルを見返した。おだやかに、しかし容赦《ようしゃ》のない目つきで迫力のある笑顔を見せる。

「口の利《き》き方に気をつけたほうがいいぞ、捜査官。君が言った言葉はすべて、なにひとつ証拠のない妄言《もうげん》だ。そして我らオムニスの貴族は、誹謗中傷《ひぼうちゅうしょう》する輩《やから》を放っておくほど寛容《かんよう》ではない。君は皇家に連なるウァロ家を敵に回してもかまわないのか？　エリシウム政府の面々は真っ青になるだろうな」

ダニエルの表情はわずかも揺らがない。

「オレは権力を笠《かさ》に着て脅《おど》しをかける奴が嫌いでな。あいにく、オレはもうどこにも所属しちゃいない。苦情を申し立てるような上司はいないんだよ。文句があるなら、他の奴の手を借りて思い知らせてやろうなんて思わずに、あんたが直々に寝首でもかきに来いよ」

ダニエルの発言に、アレクシスは内心で非常にはらはらしていた。どうしてわざわざ、怒らせたら厄介な相手を挑発することを言うのだ！

「口の減らない男だ」

ロベルトは鼻を鳴らした。

「我らが手を貸さなければ、今頃君たちはそろって天国の門を叩いていたところだというのに、恩知らずなことだな」

アレクシスは壁に映し出されたままの通信魔法に目をやった。ヘンリー・モランは複数のオムニス貴族にとり押さえられている。そうか、彼らが助けに入ったことで、ダニエルも戦いから解放されたに違いない。

「感謝してやる義理はないな。あんたの目的は明白だ」

ダニエルの返答に、ロベルトのまなざしが一層冷たくなった。白い手袋をはめた手がいつサーベルの柄《つか》をにぎるかわかったものではない。アレクシスはたまりかねて口をはさんだ。

「ブラッグさん！　それ以上は黙っていてください！」

ダニエルはじろりとアレクシスに目を向けると、なにも言わずに唇をへの字にひん曲げた。不服そうだが、一応聞き入れてくれたらしい。

アレクシスはロベルトに向き直った。

「助けてくださり、ありがとうございました。貴殿のおかげで、エリシウム国の数えきれないほどの人命が救われました。心より感謝申し上げます」

「かまわぬよ、アレクシス。今回はエリシウム人が関与していたとはいえ、デウム・アドウェルサはオムニスの犯罪組織だからな。エリシウムにも、この貸しをいつか返せなどとは申さないから安心するといい。私はもう、すでにすばらしい贈り物を手にしているからな。これ以上のことはない」

そう言ってロベルトがウィクトルビスを掲げたので、アレクシスは息を呑んだ。

「ウァロ卿……その魔法具を、オムニスに持ち帰るおつもりなのですか？」

「悪いか？　アレクシス。まさか、ウィクトルビスはエリシウムが作ったものだから、自分たちのものだとでも言う気か？」

「ウァロ卿！　それは大量破壊兵器なのですよ！　お渡しするわけには参りません！」

「そうか。しかし、私も君たちエリシウム人にこれを渡すわけにはいかない。当然だろう？」

微塵《みじん》も引くつもりのない様子のロベルトに、アレクシスは一瞬鼻白んだ。

「ウァロ卿、私たちは魔法具をエリシウムのものとするために欲しているのではありません。危険な戦争の遺物を廃棄したいのです」

「ブラッグがそう言ったのか？　だまされるな、アレクシス。奴は政府の命令で動く駒だ。ウィクトルビスを始末するなどというのは、後ろ暗い歴史を隠したいだけだ。利己と欺瞞《ぎまん》にすぎない」

アレクシスはダニエルを見たが、話題にされた当人は口を真一文字《まいちもんじ》に結んで小馬鹿にした表情をしているだけだった。会話に入ってくる気はないようだ。

「我らオムニスの魔法使いとしては、貴国がそのような兵器の存在を隠し立てしようとするのを見すごせない。それは君にもわかるだろう？」

確かに、ロベルトの言うことももっともだ。

「では、国際魔法連盟に報告しましょう。中立的な立場である機関に預ければ、双方にとっての異論はありませんね？」

アレクシスの言葉に、ダニエルが不機嫌さを増した顔つきになった。ロベルトはそれを面白そうに見やる。

「君は本当に清廉潔白《せいれんけっぱく》な男だな、アレクシス。エリシウム政府はさぞ困ることになるだろう。それでもかまわないと言うのか？」

アレクシスは一瞬、考えた。殺人兵器の存在が明るみになったのちの影響を想像し――なにもなかったことにするほうが、どれほど簡単で穏便に済ませられるか――しかし、すぐにその迷いを断ち切った。隠蔽《いんぺい》などしてはならない。ステファニーが泣きながら叫んでいたさまを、自分は忘れてはいない。

「かまいません。たとえ我が国の魔法機関への信頼が揺らぐことになろうとも、私は人としての誠実さを選びます」

そして、それによってエリシウムの魔法使いの立場が危ぶまれることになったとしても、自分はもとより、ひとりひとりの魔法使いが信頼をとり戻すための努力をすればいいだけだ。

ロベルトは笑い出した。本当に愉快そうに、高らかな笑い声が御堂に響く。

「君は最高だな。私のいとこにあたる帝位継承者の男たちよりも、よほど公明正大な明君の資質を備えているようだ」

ロベルトは黒曜石のような瞳に親しげな光を宿して言った。

「アレクシス、私の仲間にならないか？　君のような逸材《いつざい》は他に知らない。君が私たちの夢に力を貸してくれるのなら、私も友人として君にでき得る限りの惜《お》しみない助力をすると約束しよう」

アレクシスはぱちくりとまばたきをした。自分は一体、なにに誘われているのか？

「ヴァロ卿の夢とはなんです？」

ロベルトは、見る者を惹《ひ》きつける魅力的な笑みを浮かべた。

「魔法の隆盛《りゅうせい》と、それによって人々に与えられる恩恵だよ」

ロベルトは手のなかのヴィクトルビスにわずかな魔力を注いだ。宝珠は淡く光を放ち、円天井に光の地図を描く。

「わかるか？　アレクシス。一等星のようにひときわ強く輝いている地点が、世界に点在している魔力溜《マギア・マクラ》まりだ。私はこれらの場所を突き止めたくて、この魔法具を欲していたのだ」

アレクシスがロベルトの顔を見ると、彼はおどけたような笑みを返した。

「ヴィクトルビスで私が国家転覆《こっかてんぷく》や帝位簒奪《ていいさんだつ》を企《たくら》んでいるとでも思ったか？　そんなことに興味はない。私が愛してやまないのは、魔法の持つ力、そのものだ。私は魔法の起こすすばらしい奇跡の数々を、もっと世に広めたい。あまねく人々にその恵みを施したい。そのために、我ら魔法使いは協力して魔法の普及と繁栄《はんえい》に努めなければならないのだ。しかし、どうしたことか。魔法戦争が終結して以来、魔法使いの人口は減少の一途をたどっている。単純に役職としての話だけではない、魔法使いの才能を持って生まれる者自体が減っているのだ。それにともない多くの魔法が伝承者を失うという危機にさらされ、三百年後には魔法使いはいなくなるという予想も立てられている。由々《ゆゆ》しき事態ではないか。私はこの現状を変えたいのだ」

ロベルトは言葉を切り、円天井に輝く光の粒たちを眺めた。

「遠い昔、この世に魔法をもたらしたのは天上の神々だと言い伝えられてきた。しかし古文書によれば、我ら人類に魔法を与えたのは魔力溜《マギア・マクラ》まりの向こうに住む、異界の住人だという……」

アレクシスは驚いた。

魔力溜《マギア・マクラ》まりとは、魔力が豊富に湧き出る場所のことだ。そこは雄大な山や深い森であったり、壮麗な滝や湖であったりする。精霊の気配が色濃く、魔法使いにとっては活力をもらえるエネルギースポットだ。そして自然の恵みに満ちた神秘的な光景から、人々は様々な空想を思い描いてきた。魔力溜《マギア・マクラ》まりの根源には竜や妖精、不死の人々が住まう理想郷が存在するという話もそのひとつだ。だがそれらはみな、子供に語り聞かせるような寓話《ぐうわ》にすぎないのだと思っていた。

「魔力溜《マギア・マクラ》まりとは、異界とこちらを隔《へだ》てる扉のようなものらしい。我らの世界に魔法がもたらされた時代には、双方をつなぐ扉は完全に開かれていた。魔力は異界から流れこんでくるものだったのだ。しかしどうしてかはわからぬが、いつの日かその扉は閉ざされ、こちらに届けられる魔力もわずかなものとなってしまった。それこそが魔法使い減少の原因ではないかと私は考えている。このままでは、この世界の魔力はいずれ完全に枯渇《こかつ》してしまう。それを食い止めるために、私は異界へつながる魔力溜まり《マギア・マクラ》の扉を開きたい。そしてかつて我らに魔法を授けてくれたという、異界の住人にまみえたいのだ。彼らの声を聞き、我ら魔法使いの行く末に力を貸してくれるように頼みたい……」

アレクシスは当惑していた。ロベルトは至極真面目に語っているが、あまりに思いもよらない話についていけない自分がいる。ロベルトに気づかれないように、こっそりとダニエルの様子をうかがってみた。ひどくあきれた顔でもしているかと思えば、意外にも真剣な様子でじっとロベルトを見ていた。

(ひょっとして、ブラッグさんは今の話を知っていたのか?)

内心で動揺していると、ロベルトがこちらに向き直って言った。

「どうだ? アレクシス。魔力溜まり《マギア・マクラ》の扉を開き、向こうの世界に行ってみたいとは思わないか?」

「えぇっと……」

ロベルトのきらきら輝く子供のような瞳を前に、アレクシスは心底困った。いきなりそんなことを聞かれても、一体なんと答えれば良いのか。

「ウァロ卿。私を評価してくださり、お誘いいただいたことを大変光栄に思います。ですが……正直に申しますと、私の想像の範疇《はんちゅう》を超えたお話でしたので、まだ理解が追いついておりません。ただ、今の私が貴殿に言えるのは……」

アレクシスは考えるように視線をさまよわせ、やがて星空のような円天井の光景に目を留めて言った。

「紙とペンで記録していただくことはできませんか？」

「は？」

ポカンとした様子のロベルトに、アレクシスは冷静に説明した。

「今ここで、ウィクトルビスが指し示している魔力溜まり《マギア・マクラ》の場所を紙に写しとっていただくわけには参りませんか？　私としては、たとえ兵器として利用しないとお約束してくださったとしても、武力としての機能を備えた魔法具をお渡しすることはできないのです。貴殿を信用していないからというわけではありません。たとえば尊敬する師や愛する肉親であっても、誰であろうと危険な魔法具を預けたいとは思わないからです。私の望みはただひとつ、このウィクトルビスが未来永劫《みらいえいごう》誰にも使用されないようにすることだけです」

ロベルトはあんぐりと口を開けた。

沈黙が流れ、部屋のすみでクッと誰かが吹き出すような音が聞こえた。見ると、ダニエルがにやにやとした笑みを見せている。

ロベルトが嘆息《たんそく》した。

「アレクシス、君を口説《くど》くのはまるで石像を相手にするような難解さだな」

「申しわけありません。お話をはぐらかしたつもりはないのですが」

「いや、それを言われるとしたら私のほうだろう。確かに、当初の論題から焦点がそれていた。ウィクトルビスの処分についてだったな」

「国際魔法連盟に受け渡して廃棄することに、同意してくださいますか？」

アレクシスの言葉に、ロベルトはじっと黙ってこちらを見つめ返してきた。

ダニエルがフンと鼻を鳴らす。

「無駄な要求だな。そいつがむざむざソレを手放すわけがない」

ロベルトは一瞬だけそちらを見やり、ひょいと片眉を持ち上げた。

「政府の犬は、徹底して私を悪者にしたいらしい」

アレクシスに視線を戻して言う。

「アレクシス。私は、ものの価値のわかる男だ。そして、己の持つ権威の力を知っている、地位の高い立場にある者だ。身分ある者は、価値あるものを正しく扱う。価値があると知りながら、それをドブに捨てるような真似は決してしない」

ロベルトはアレクシスに挑戦的な笑顔を向けた。

「だから私は賢明な判断をする。本当に価値のあるもののために、そうでないものを捨てるという選択を」

そう言って、両手に魔力を集中させる。ウィクトルビスの光がまぶしいほどの威力になり、

アレクシスは身がまえた。しかし次の瞬間、宝珠は粉々に砕け散った。

目を丸くしているアレクシスに、ロベルトは晴れやかに笑った。

「賢い者は、便利な道具よりも人の心に価値を見出《みいだ》すのだよ。君の信頼を得られるということは、今後の私にとって大きな財産となる」

ロベルトが差し出した右手を、アレクシスは安堵《あんど》と喜びの笑みがこぼれるのを感じながらにぎり返した。

「ありがとうございます、ウァロ卿」

*

ロベルト率いるオムニス貴族の一団は、エリシウム魔法捜査官たちがまもなくこの霊廟に到着するという知らせを受けて早々に引き上げていった。今回のテロ計画について、自分たちの関与を疑われるのは御免《ごめん》だという話だが、手際のいいことだ。

「おい、奴の言っていたことを真に受けるなよ」

気絶したまま目覚めないステファニーの様子をうかがっていたアレクシスに、ダニエルが背後からぼそっと言った。ふり向くと、疲れをにじませた紫色の瞳と目が合った。

「あの男、ウィクトルビスを壊す前に、オレの後ろに立っていた監視役の男に合図して魔力溜《マギア・マクラ》まりの場所を記録させてやがった。抜け目のない野郎だよ」

　アレクシスは驚いた。

「へぇー、いつのまに。そんなに短時間で気づかれずに転写できる魔法があるのですか？」

「感心してんなよ、のんきな奴だな。オムニス貴族は相手を出し抜いて利益を勝ちとるのが常套手段《じょうとうしゅだん》の、狡猾《こうかつ》な連中だ。ロベルト・ヴァロはあの若さでオムニス魔法軍参謀《さんぼう》本部次長の役職に就き、元老院の議員席にもっとも近い男と称される策士だ。気を許しても、利用されるのがオチだぞ」

　釘《くぎ》を刺すように言うダニエルに、アレクシスは大げさではないだろうかと思う。

「疑いすぎではないですか？　そもそも、俺が彼に利用されるほどのものを持っているとも思えませんし」

「お前がそんなふうに無防備だから、忠告してるんだよ。ったく、自分の家名の影響力をわかってんのか？　あいつがお前に近づいてきたのは、アレクサンダーの曽孫だからに決まってるだろ」

　ダニエルのおせっかいに、アレクシスは小さく笑った。

「ありがとうございます。心配しなくても、ヴァロ卿がブラッグさんについて言っていたことを鵜呑《うの》みになんてしていませんから、大丈夫ですよ」

「誰が心配……はあ？　なに言ってやがる」

アレクシスは息を吐き出して立ち上がると、壁に映っている通信魔法の映像を眺めた。美しい白亜の建物はあちこち破壊されて、ひどい有様だ。クータスタ王家の霊廟という文化遺産・建築技術・王族の権威などの多大な価値の詰まった建造物なので、国際問題にならないか心配である。

その損壊した通路を、白いローブをまとった一行が足早に進んでいるのが見えた。ダニエルの報告を受けて駆けつけた、ジュリアたち魔法捜査官に違いない。

アレクシスもふたりが通信で話すのを聞いていたが、魔法捜査局本部のほうでもヘンリー・モランに情報を流していた内通者を突き止め、逮捕することに成功したようだ。新たに編成された特殊部隊がデウム・アドウェルサの隠れ家に踏みこみ、誘拐された魔法捜査局本部長も無事に救出された。ソルフォンスに潜伏していたアドウェルサの一派を一網打尽《いちもうだじん》にした魔法捜査局は、甚大《じんだい》な損失を出しながらもその名誉を挽回《ばんかい》できたわけだ。

現在はエリシウムからこちらへ、大勢の捜査班が捜査と事後処理のために向かっているとのこと。

（本当に、すべてが解決したんだ……）

ようやくアレクシスの緊張の糸もゆるみ、体の力が抜けた。

すると、急激な肉体の疲労が襲ってきた。そういえば今日一日で、とんでもない量の魔法を使ってしまった。もう魔力もすっからかんだ。黒魔法の黒い鳥によるダメージもズキズキと痛むし、自分は自覚している以上に疲れ切っているのかもしれない。

そう思ったら、頭がふらつくのを感じた。

ああ、まずい。いやな揺れ方だ。早く横になって、休まないと……。

「どうした？」

心配そうなアルトの声が聞こえたが、アレクシスは返事をすることもできずに、そのまま意識を手放した。

＊

次に目覚めた時、アレクシスはまだ朦朧《もうろう》としていて、思考が曖昧《あいまい》だった。横たわった自分をのぞきこむように見ている人物と目が合う。初めて見る顔だ。

（オムニア神話の英雄がいる……）

半分寝ぼけた頭でそんなことを思った。

その人は筋骨隆々《きんこつりゆうりゆう》としてたくましく、陽《ひ》に焼けた健康的な肌の色をしていた。着ている白いシャツが雨に濡れて肩や腕に張りついているので、鍛《きた》えられた体つきがよくわかる。まるでオムニス帝国の芸術家が作る、神々の彫刻のような肉体美だ。けれども顔立ちはエリシウム人らしい特徴をしていた。肩に落ちかかった少しくせのある蜂蜜色《はちみついろ》の金髪に、黄色がかった淡い茶色の瞳……ヘーゼルアイと呼ばれる色だ。とおった鼻筋に流線形の眉の整った造作。なんという男前だろう。格好良すぎる……。

ぼんやりしたままそんな感想を抱《いだ》いていると、美の男神のようなその人物が声を発した。

「気分はどう？　まだ動かないほうがいいわ。あなたはとても消耗している……」

涼やかな美しい声音に、仰天して眠気が吹き飛んだ。

この人は女性だったのか！　というか、自分はこの声を知っている。

「ジュリアさん……ですか？」

「ええ、そうよ。初めまして、アレクシス・スワールベリー君。今回のことでは、とてもお世話になったわね。力になってくれたこと、魔法捜査局一同を代表してお礼申し上げます。本当にありがとう」

そう言って、ジュリアは大輪が花開いたかのような微笑みを浮かべた。ただ笑っただけなのに、まるでピカーッと周囲に光が放たれたような輝かしさだ。

（うわ、うっわぁ——……！）

なんてまぶしいオーラを持った女性《ひと》だろう。あまりの美しさと神々《こうごう》しさに、アレクシスはなぜかそわそわと落ちつかない気分になった。

「えっと、その……ブラッグさんは？」

視線をさ迷わせて言うと、ジュリアは引き締まった腕を上げて遠くを指し示した。

「あちらで休んでいるわよ。さすがのダンも、疲れたみたいね。様子を見てくるわ。少し待っていてくれる？」

ジュリアは立ち上がると（すごく背が高い！）長い脚で颯爽《さっそう》と歩いていった。

アレクシスはゆっくりと半身を起こした。湿った芝生に毛布が敷かれ、自分はその上に寝かされていた。体にかけられているのは、魔法捜査局の紋章が描かれた白いローブ。頭の下には、魔法捜査官の制服であるライトグレーの上着が枕代わりに置かれていた。おそらく、どちらもジュリアのものだろう。アレクシスはあたりを見渡した。

ここはクータスタ王家霊廟の外、巨大庭園の敷地内だった。白や青のローブを着たたくさんの魔法公務員が行き交っている。デウム・アドウェルサの構成員を連行したり、霊廟の管理者らしきクータスタ人に説明をしたり、それぞれ忙しそうに働いている。いくつか天幕も張ってあり、負傷者の手当ても行っているようだ。

アレクシスははっとして立ち上がった。少しふらついたが、かわまずに歩き出す。天幕のなかに、横たわった怪我人《けがにん》の姿が見えたのだ。上掛けからのぞく細い腕は少女のものだ。

断りもなくテントのなかに入ってきたアレクシスを、治療士の制服を着た魔法使いが咎《とが》めた。

「こら、勝手に患者に近づいてはいけないよ」

「すみません、知り合いの子なのです……」

アレクシスは意識のないステファニーの顔を見つめた。全身に火傷を負い、美しかった赤茶色の髪もチリチリに焼け焦げてしまっている。まぶたを伏せた寝顔は、まだほんの子供のようだ。所々肌の皮がむけて血がにじんでいるさまは、なんとも痛々しい。

「この子は……ちゃんと回復しますか？」

アレクシスの言葉に、治療士はうなずいた。

「大丈夫、熱傷は軽度だよ。若いから組織の再生も早いし、肌にはほとんど傷も残らないはずだ。あとは両の鼓膜《こまく》が破けてはいるが、治癒魔法で損傷箇所をかなり小さくできる。時間の経過とともに穴が塞がって、二、三ヶ月もすれば前と同じように耳が聞こえるようになるよ」

「そうですか」

アレクシスは安堵の息をついた。

「彼女のこと、どうぞよろしくお願いします」

＊

治療士にお礼を言って天幕を出ると、どこからか騒がしい声が聞こえてきた。

「触るなウォーロック！　税の金食い虫、貴様らに道理を責められるのか、国家の犬どもが！」

声の主《ぬし》はヒューバート・ランドンだ。両手を後ろで縛られながらも、ふたりの魔法捜査官を相手に興奮した獣《けもの》のように勇ましく抵抗している。捜査官のひとりが鼻から激しく出血しているところをみると、頭突きでも食らわせたのかもしれない。

（うわぁ……）

ちなみに、ウォーロックとは黒魔法や禁術を使う魔法使いの呼称だが、魔法使いを罵《ののし》る場合にも使われる。

魔法捜査官がランドンを殴りつけたが、大柄なランドンは倒れることなく足を踏ん張ってこらえ、勢いをつけて捜査官に体当たりをお見舞いした。タイミング悪く、ランドンを捕まえようとしていたもうひとりの捜査官をも巻きこんで地面に倒されてしまう。

止めに入ったほうがいいのだろうか？　そう思い足を踏み出したが、ふらついてあまり速度が上がらない。そうこうしているうちに他の捜査官たちが駆けつけ、数人でランドンをとり押さえた。

ランドンは悪口雑言《あっこうぞうごん》をわめき散らしている。捜査官が無理やり彼を立たせ、歩くように命令した。道を開けようと後ろに下がったアレクシスは、顔を上げたランドンと正面から目が合ってしまった。殴られて真っ赤になっている顔に驚きが浮かび、すぐに燃えるような怒りの目つきに変わる。

「アレクシス・スワールベリー……」

アレクシスは緊張したが、真っすぐにランドンの瞳を見返した。

「さぞ気分がいいだろうな、お貴族様《ノビリス》。英雄の曽孫様は、正義の使者気どりで犯罪者を捕まえてご満悦だろう？」

ランドンの両側から捜査官が「足を止めるな！」と引っ張るが、びくともしない。つかまれた上腕は筋肉が盛り上がり、威嚇《いかく》しているかのような戦闘態勢だ。見る者を戦慄《せんりつ》させるむき出しの敵意に、気圧《けお》されるな、とアレクシスは己に喝《かつ》を入れて背筋を伸ばした。

「ランドン知事、あなたがテロ計画に加担していたことをとても残念に思います。反魔法派を公言し、魔法武力の追放活動を精力的に行ってきたあなたが、なぜ魔法使いの過激派組織と通じていたのですか？」

「貴様にはわかるまい、お貴族様《ノビリス》……なにも知らない温室育ちの小僧が……」

ランドンは腹の底から呪うようにうめいた。捜査官たちがランドンを引きずっていこうとするところを、アレクシスは片手を上げて待って欲しいとの意思を示した。

「では教えてください。どうしてあなたは、デウム・アドウェルサに協力したのですか」

「私はオムニスのウォーロックどもの仲間ではない！　腐った世のなかを変革するために、奴らを利用してやっただけだ。国家権力という名に護られた椅子《いす》に鎮座したクソどもは、尻に火がつきでもしない限りはなにもしようとしない。まともな方法で怠惰《たいだ》なブタどもを相手にし続けていても、なにひとつ変わらないまま一生が終わってしまう！　だったらどうすればいいのか？　簡単なことだ。連中が座っている、そのご大層な椅子ごと吹き飛ばしてやればいい。奴らが正当性を主張している、その魔法の力でな！」

ランドンはギラギラとした目でアレクシスをねめつけた。

「すべてを与えられ、恵まれた境遇に生まれた貴様には決してわからないだろう」

ランドンの灰色の瞳はアレクシスを映しながらも、さらに深いものを見つめて憎しみを向けているようだった。

「私の父は、非常に優秀な魔法使いだったのだ……魔法戦争では魔法軍少将として前線に部隊を率いて、エリシウムのために命をかけて戦った。だが終戦を迎えたとたん、戦犯として糾《きゅう》弾《だん》されたのだ。父は身を隠し、代わりに捕まったのは同様に従軍していた長男である兄だった。父は母と幼い子供たちを連れて逃亡生活を送り、極貧のなか国中を放浪したが、魔法捜査官は執拗《しつよう》に追いかけてきた。かつての戦友を裏切り、新政府に寝返った奴らだ。父は十三年の潜伏の末に奴らに捕まり、処刑された。私が生まれた年のことだ。翌年には、兄が獄中死した。長く投獄されていたせいで病にかかったのだ。奴らが兄を殺した！　母と他の兄弟たちが、どれほどの絶望を味わったかわかるか？」

ランドンの殴られた傷は腫《は》れ上《あ》がってきていた。まぶたがふくれ、眼球は真っ赤に充血し、鬼気迫った形相で両目を見開いている。

「私は母の恨み言を聞きながら育った。子供たちはどんなに才能があろうとも、魔法使いの職には就けない。捜査局から逃げ、身元を隠さなければならないからだ。そのせいで、ゴミをあさって生きるような暮らしをせねばならなかった。世が世なら、私の父は英雄だった。国民に感謝され、いい暮らしをしてしかるべき勲功《くんこう》を立てたのだ。それがこの仕打ちだ。国に捨てられ、戦争の責任をなすりつけられて殺された！　わかるかスワールベリー！　貴様の曽祖父が和平成立の立役者だともてはやされていた頃に、このような非道がまかりとおっていたのだ！」

アレクシスはなにかを言おうとした。しかし、なにも言葉が出てこない。昼間パーティー会場でランドンと話した時と同じように、今自分がなにを言ったとしても、不適切な発言になってしまうように思えてならなかった。

ふと、アレクシスのとなりに誰かが立った。見ると、ジュリアの美しい横顔があった。

「あなたの父、オーウェン・バイゴッドはエリシウム大公の勅命《ちょくめい》に背き、オムニスの領地で金品の略奪、捕虜《ほりょ》への不当な拷問《ごうもん》、見せしめの処刑と称した殺人を行っていた。また、戦意を喪失《そうしつ》して敗走する敵兵に容赦《ようしゃ》ない追撃をし、全滅させた。これらは多くの証言をもとに調べられた、明確な事実よ。一兵卒として参戦していた息子のロイ・バイゴッドも、犯行に加わっていたことを認めた供述記録《きょうじゅつきろく》があるわ」

「貴様らが無理やりそう言わせたのだろうが！　それに、オムニスの畜生《ちくしょう》を殺してなにが悪い、奴らがやっていたことは悪魔の所業だ！　アレクサンダーがあいつらを殲滅《せんめつ》せずに和平交渉なぞを持ち出したせいで、悪辣《あくらつ》なウォーロックどもは野放しになり、今でものうのうと貴族の家名をひけらかして生きている。和平条約が結ばれて万々歳だと？　冗談じゃない、正義の鉄槌《てっつい》は誰に下されたのだ？　戦場で国のために命を張った父が、なぜ貴様らの掲げる都合のいい正義に裁かれるのだ！」

ランドンはじろりとアレクシスに血走った目を向けた。

「スワールベリー、貴様もオムニス貴族と大差ない。魔法使いの名門であったバイゴッド家の領地は国にとり上げられ、一族の者はみな、それまでの暮らしを失い地位を追われた。戦争の英雄となったアレクサンダーの領地は、未《いま》だに貴様らスワールベリー家の権力下にある。新政府が作り出した法や制度に縛られ翻弄《ほんろう》される弱者をよそに、さぞいいご身分で下層を見下ろしていらっしゃるんだろうな」

アレクシスはわずかに眉根をよせた。

（……それは違う）

「連れて行きなさい」

ジュリアが捜査官たちに指示を出し、ランドンは彼らに引きずられるようにしながら歩いた。ランドンがアレクシスの脇を通りすぎようという時、静かな、しかししっかりとした響きの声が発せられた。

「――〝魔法使いとは、自由なる者〟」

ランドンは足を止め、その場にいた全員がアレクシスを見た。

「〝いかなる権威にも膝をつくことなく、いかなる権力をも持つことなき者。風のように自由なればこそ、魔法使いはあまねく人に叡智《えいち》を分け与えること叶《かな》う〟」

アレクシスは、ランドンの腫れ上がったまぶたの奥にある瞳と目を合わせた。

「私はスワールベリー一族に生まれたこと、当家の行いや在り方について、恥じることはなにもありません」

スワールベリー家にとって、領民は徴税《ちょうぜい》のために在るのではない。彼らは家族だ。歴代の当主はみな領民を愛し、自分たち魔法使いと同等の権利と自由を護ることを誓って彼《か》の地を治めてきた。エリシウムが公国として建国するよりもずっと昔から、スワールベリー家は存在している。

魔法戦争が終結し、エリシウムが共和国として新たな政治体制を築く第一段階として、多くの貴族は身分と領地を返上するように求められ、国土は政府の管理するところとなった。そんななかスワールベリーの土地がとり上げられなかったのは、一族が何百年も公正な統治を行ってきたからだ。領民が平穏に暮らせているのに、国家が出張《でば》ってその仕組みを変えてしまっては、かえって混乱や反発を招いてしまうと判断されたのである。

「しかし古来、魔法使いは社会的地位とは無縁の存在でした。どのような支配も受けない代わりに、すべての人に平等に助けの手を差し伸べるのが魔法使いの本来の務めです。それが長い年月のなかで望ましくない道をたどり、貴族を名乗り権力を持つようになってしまった。そのことをとても、残念に思います」

ランドンがなにごとか言おうと口を開いた。が、それよりも先にアレクシスは言った。

「奥方は負傷しています。完治するまでには、二、三ヶ月の月日を要するそうです。気持ちの整理がつくのには、もっとかかるでしょう。彼女には心の支えが必要なはずです。そのことを忘れないでください」

ランドンが目を見開き、アレクシスは捜査官に道を空けるように一歩後退した。考えに沈むように黙りこんだランドンを、今度こそ捜査官たちが連れていった。

その後ろ姿を見ながら、アレクシスも考えていた。彼らの今後はどうなるのだろうか。国が大量破壊兵器の存在を隠し立てしようとするのなら、公式な裁判は開かれない可能性が高い。その代わりに、デウム・アドウェルサや裏社会の情報を寄こすように政府は取引を持ちかけるのだろう――ランドンのあの様子では、素直に応じるとは思えないが。

(けれどステファニーのことを考えれば、司法取引を受け入れるほうがずっといいはずだ)

なにしろ、彼女はまだ若い。夫と父親がステファニーの将来を考慮して自分の信念に折り合いをつけてくれればいいと、願わずにはいられなかった。

「ヒューバート・ランドンは、代々優れた魔法使いを輩出していたバイゴッド家の血統に生まれながら、魔法の才能は受け継いでいなかったそうよ」

ジュリアが言った。あわれみも蔑《さげす》みもない、おだやかな口調だった。

生まれつき魔法使いの素質がなかった――それが、ランドンにとって魔法をより憎む要素になったのだろうか。それとも、彼にとって憎い仇《かたき》である魔法使いになど、はなからなりたくなかったのだろうか。

「魔法使いへの道が閉ざされていたからこそ、ランドン氏は懸命に努力を重ね、郡知事にまでなるという偉業《いぎょう》を成《な》し遂《と》げたのですよね。魔法を使えない一般市民の視点に立ち、魔法機関における税の歳出額の多さを訴え、貧困や差別をなくすために教育や福祉に力を入れるべきだと提唱した」

アレクシスはため息をついた。

「そんな人がこんな形で知事の職を失ってしまうのは、本当に残念です。オベリア郡の人々は彼のことを慕《した》い、必要としていたはずですから」

「……あなたは、不思議な子ね」

アレクシスが顔を向けると、ジュリアの澄んだ榛《はしばみいろ》色の瞳がこちらを見つめていた。

（あ、目の高さがほとんど変わらない）

つむじの見下ろせない女性に会ったのは初めてだ。

「あなたみたいな人がいるなら、魔法使いの未来もきっと明るいものになるわ」

ジュリアはふわりと微笑んだ。

女性に微笑みかけられるのは少々苦手なのだが、ジュリアのそれにはアレクシスを怖がらせるような感じがない。サラ・マレットのような聖女を彷彿《ほうふつ》させる清らかな笑顔だ。その上、見る者を強烈に惹きつけて目を離させないような魅力がある。

（まぶしい……！）

顔面に発光機能でも備わっているのか、直視するのが非常に困難だ。

「もしよかったら、卒業後は魔法捜査局に就職してみない？」

「え？」

「あなたのような人は、探してもなかなか見つからないわ。うちとしては大歓迎よ」

突然の誘いに驚いていると（今日はよく勧誘をされる日だ）、湿った芝生を踏んで近づいてくる足音が聞こえてきた。

「世間知らずの坊ちゃんを、勝手にスカウトするなよ」

ダニエルだ。めずらしく、いつもの黒髪の少女の姿ではない。黒に近い栗色《くりいろ》の巻き毛が特徴的な、南部人らしい容貌《ようぼう》の男性。本来の姿のダニエルだ。

「あら、あなたの許可が必要だとは知らなかったわ。一緒に大変な任務をやり遂げて、すっかり情が湧いたのね？」

ジュリアは、すぐそばまでやってきたダニエルをからかうように言った。ちなみに、ジュリアのほうがダニエルより上背《うわぜい》がある。

「多感な時期の青少年に、いたずらに夢を見させるのはどうかと思うだけだ。魔法捜査官なんて、世のなかの汚い面を相手に延々とこき使われるような仕事だろ」

「あら、その仕事を愛しているくせに」

「とっくに辞《や》めてるだろ」

「大事な仲間をかばってね？」

ジュリアの言葉に、ダニエルは横を向いた。表情は変わらないが、どことなく拗《す》ねているようにも見える。そういえばこのふたり、確かジュリアのほうが年長なのだ。

（というか、俺が聞いた話と違うぞ……）

職場恋愛禁止の規則を破って解雇されたのではなかったのか？

アレクシスの問いつめるような視線に気づいているのかいないのか、ダニエルはこちらの存在を無視したままジュリアに言った。

「オーツ主任捜査官、魔法総監から伝言だ。あとで魔法捜査局本部に連絡を入れてくれだとよ」

（魔法捜査総監から名指しで連絡⁉）

アレクシスは仰天した。総監とは魔法庁長官に次ぐ役職であり、魔法捜査官のなかでは最高位にあたる。

「本部長は解任。殉職者《じゅんしょくしゃ》もかなり出たしな、総監はこれを機に大規模な人事編成を行うつもりらしい。君みたいな優秀な人材が必要になる」

「では、私もようやく部長に昇進かしら」

「もしくは、それ以上にな。おめでとう」

「あなたは誘いを断ったのでしょう？」

「当たり前だろ。今さら戻る気はないよ」

「そうでしょうね」

ジュリアは、まるで自分がダニエルに断られたかのように残念そうな笑みを見せた。ダニエルは一瞬、不意を突かれたように沈黙した。

「ジュリア……」

「大丈夫、わかっているわ。あなたは自由でいたいのでしょう？　私も、ダンには好きに生きてもらいたいわ。あなたの長所は、〝風のように自由なればこそ〟発揮されるのだからね」

ダニエルは片眉を持ち上げ、ジュリアはちらりとアレクシスに視線を送って笑った。

「私はただ、あなたをひとりにさせてしまうのが心配だっただけ——今まではね」

ジュリアはダニエルに歩み寄ると、拳《こぶし》の甲でトン、と軽くノックするようにダニエルの胸を叩きながらすれ違った。

「お弟子さんを案内してあげて。救護班のテントのひとつで食事を提供しているわ。ふたりとも、ゆっくり休んでね」

颯爽としたジュリアの後ろ姿が遠ざかっていくなか、アレクシスは言った。

「ブラッグさん、魔法捜査官を辞めた本当の理由はなんだったのですか?」

「さあなぁ、優秀すぎるオレを妬《ねた》んだ上司にクビにされたんだったかなー?」

「平然としらばくれるんですね……」

あからさまな棒読みで返され、あきれた。

今度ジュリアに会う機会があったら、こっそり聞いてしまおう……と、心に誓う。

「お前はどうなんだ?」

「はい?」

「魔法捜査局の仕事に興味があるのか?」

ダニエルのまなざしは、思いのほか真剣なものだった。

「まさか」

自分が魔法捜査官に向いているわけがない——そう考えたところで、あることに気がついた。

(いや、待てよ……そうか)

考えこむように黙ってしまったアレクシスをダニエルはじっと眺め、唐突に言った。

「お前がなにを考えているか、当ててやろうか」

「え?」

「魔法捜査局に就職すれば、不正や悪の不文律がまかりとおっていないか、内情を調べられると思ってるんだろ」

「なっ、なんでわかるんですかっ!?」

ぎょっとするアレクシスに、ダニエルはつまらなそうにため息をついた。

「あのやかましいランドンの野郎が騒いでいたことが気になってるんだろ？　奴の言い分が本当なら、魔法捜査局にも非があったのではないか？　捜査や裁判は適正に行われたのか？　お前の性格なら、それを確かめずにはいられない」

「……そうです。俺は真実が知りたいのです」

ダニエルは、心の奥底まで見通すような深い紫水晶《アメシスト》の瞳でアレクシスを見た。

「知ってどうする。それで事実が変わるわけじゃない。どちらが悪でどちらが正義なのか、はっきりさせたいのか？　言っとくが、そんなものは存在しないぞ」

「わかっています。いや、わかっていないのかもしれませんが……」

アレクシスは迷うように視線を落ちつきなく揺らした。ランドンやステファニー、ロベルトやジュリア……アドラム校長まで、今日出会った様々な人の顔が脳裏によみがえっては消える。

「俺には、正邪や善悪の判断を下すようなことはできません。むしろ、それをしてしまってはいけないように思う。どちらかを肯定すれば、もう一方は否定される。そうなったら、否定された側は再考されることなく永遠に切り捨てられる……そんなことは、したくないのです。そういった審判こそが、平和な社会の実現を妨《さまた》げる要因なのではないでしょうか」

魔法捜査局の働きが、この国の安全のために行われているというのは多分本当なのだろう。

けれど、捜査機関のすることが常に正しいとは限らない。不当だと訴える声は存在し、そして時にその主張のほうが正しいこともあるはずだ。しかし政府は絶対にそれを認めたりはしないだろう。そして自分たちの信頼性を保ち続けるために、望ましくないことはひた隠しにする……それは不公平で、危険な在り方ではないだろうか。

「法律や倫理に背いたことは、『正しくない』という理由で世間から見向きもされなくなる——そんな存在は、一体誰が救済してくれるというのでしょうか？　誰もいないからこそ、ランドドン知事や、デウム・アドウェルサのような人々が武力を行使するのでしょう？　俺はそのやり方に賛成できませんが、それでも……」

——彼らのことを「犯罪者」というひと言で片づけてしまっていいとは、思えない。

うつむいてしまったアレクシスに、ダニエルの落ちついた声が言った。

「そんなものの考え方をしていたら、魔法公務員の適正試験には引っかかりそうだな。テロリスト側に寝返る可能性があると危ぶまれる」

「……俺は過激派に付いたりはしませんよ」

「わかってる。お前は対象がなんであろうと、常に公正な視点を持とうとしている。だから、特定のものの肩を持つことができない。だろ？」

ダニエルが難なく自分の複雑な心境を要約してしまったので、アレクシスは言葉が出なかった。

「オレからひとつアドバイスするとしたら、そんな理由で魔法捜査局に入るのはやめとけってことだな。捜査官の多くは、捜査機関の正当性を信じて疑わない。お前みたいな考えは歓迎されないし、トラブルのもとになるだろうよ」

「そもそも、攻撃魔法が使えない時点で落第でしょうけれど——少し考えてみただけで、魔法捜査官を目指す気はありませんよ」

ダニエルの言うとおり、なんにでも疑問を持ってしまう自分には、定められた方針に則《のっと》って命令に従う仕事は合わないに違いない。それに、魔法捜査局の実情や過去の記録を調べる方法は他にもある。あまり頼らないようにしているが、スワールベリー一族の人脈を使えば大抵のことは叶えられるのだ。

「じゃあ、お前はなにを目指すんだ？」

ダニエルの言葉に、アレクシスは痛いところを突かれたようにうろたえた。

「そそそれは、今後見つけるつもりで……っ」

ごにょごにょと歯切れ悪く答えたが、正直なところ、卒業までの残り一年で具体的にやりたいことを決定する自信はなかった。

そもそも七年間の学生生活で見つけられなかったものが、そう簡単に決まるはずがないのだ。徒弟実習の単位がいつまでも取得できなかったのも、単に女性恐怖症のせいばかりではない。心から師事したいと思える魔法使いの職種がなかったからだ。

自分はなにになるのだろう。ステファニーに対して偉そうに「武力を行使するやり方には同意できない」と言ったくせに、あれにはなりたくない、これには向いていないと考えるばかりで、己の明確な指針を示せないでいる。

陰鬱《いんうつ》な面持ちになってしまったアレクシスを、ダニエルが鼻で笑う気配がした。

「なにを悩んでるんだか。お前の道は、もうわかっているだろ」

「えっ？」

顔を上げると、ダニエルは横を向いて遠くの空を眺めていた。雨上がりの灰色の雲は割れ、明るい光が差しこんでいる。青い空にはうっすらと虹がかかっていた。

「お前のそのクソ面倒くさい難儀な性格じゃあ、所属できるような場所は世界中のどこにも見つかりっこない」

きっぱりと告げられ、アレクシスは強烈に殴打《おうだ》されたようなショックを受けた。

（ひ、ひどい……！　せめてもう少し、婉曲《えんきょく》な言い方はないのか……！）

ダニエルはくるりとこちらに向き直った。

「だったら、お前は自分の道を行くしかないだろ。信じられるものを探し回る必要はない、みずからの信念を貫いて生きりゃいい。自分の望みはわかってるだろ？『誰も傷つけない、立派な魔法使いになる』こと。違うのか？」

アレクシスはポカンとした。

そうか、そのとおりだ。どうして、今まで思い至らなかったのだろう。

――魔法使いとは、真理を知る者。そして、自由なる者。


古来より伝えられているとおりに、本来の魔法使いの在り方を目指せばいいのだ。それこそが、きっと自分が本当になりたい「魔法使いの姿」なのだ。

「えっと……、つまり具体的には、ブラッグさんみたいにフリーランスの魔法使いになればいいってことですよね？」

「それを決めるのはお前自身だ。どこかに所属して上の言うことを聞いているほうが、よっぽど楽な道だろうけどな」

「でも……あなたはその楽じゃないほうの道を選んだ。それはやっぱり、自分の信念に反することはしたくないからではありませんか？」

ダニエルは空に向かってからからと笑った。

「オレには高尚《こうしょう》な信念なんてもんはないさ」

こちらを向いてにやっとする。

「ランドンの奴が逮捕されてざまあみろと思ってるしな？　人の体に鉛弾をぶちこみやがって」

（そうだろうか……）

口ではそう言うが、ダニエルはヒューバート・ランドンを憎んだりはしていないように思う。大体、ダニエルが時々嘘をつくということがわかってきた今、その都度本音を推察する必要がありそうだ。

「とにかく、これでお前の徒弟実習も無事に終了だな。本職の魔法捜査官の初任務より過酷な道のりを、よくやり遂げたよ。お疲れさん。お前はきっと、いい魔法使いになるだろうよ」

ダニエルがめずらしく真っ向から褒めてくれたので、アレクシスはびっくりした。いやそれよりも、ダニエルとの旅が本当に終わってしまったのだと今さらながらに気がついた。

（そういえば……成り行きで師弟契約を交わしたけれど、俺ってブラッグさんの弟子に認められたわけじゃないんだよな）

ダニエルも、事前にはっきりと言っていた。あくまでその場しのぎの一時的処置だと。要するに今回の一件が片づいた時点で、師弟契約を続ける理由はなくなったわけである。今度は契約を解除するための儀式をしなければならない。

つまりダニエルとはなんのつながりもなくなり、これきり二度と会うこともなくなる――

その事実を前にして、アレクシスは自分でも驚くほど動揺した。

ダニエルみたいな魔法使いには、今まで出会ったことがない。スワールベリー一族にも、オムニスの魔法使いにも、魔法学校の教師たちにも、こんな人はいない。

このひと月足らずの時間で、アレクシスはダニエルから多くのことを教えてもらった。学校で学ぶような勉強ではなく――もっと、人生における大切ななにかだ。それは、魔法学校ですごした七年間でさえ遠く及ばないように思う。

それに今ようやく、将来の展望が見えかけたところなのだ。

これから「立派な魔法使い」になるまでの道のりで、自分には導いてくれる人が必要だ。魔法の理論や技術の指導などではなく、こんなふうに悩んでつまずいた時に適切な助言をしてくれる――己の考えを押しつけず、利害や損得なしで誠実に向き合ってくれる、尊敬できる人が。

（……どうしよう。ブラッグさんに、正式に弟子にして欲しいと頼んでみようか）

アレクシスの脳内で、思考がぐるぐると猛スピードで動いた。

いやしかし、ダニエルが了承してくれるとは思えない。今までだって散々面倒な奴だと言われ（反論できない……）煙たがられていたというのに――これまでのことを考えても、ダニエルが自分の仕事にアレクシスを関わらせたくないことはわかりきっている。受け入れてくれるわけがない。

大体、あの時はそれが最善だと思ったとはいえ、まだ学生のぺーぺー見習い魔法使いの自分が「師弟契約を結べばいい」などと言い出すなんてかなり失礼な話だ。「自分の魔力を使え」なんて提案、よく考えたら厚かましい。育ち柄、日頃から無意識に高慢な言動をしてしまわないように気を使っているつもりなのだが、時々こうやってやらかしてしまうことがある……なんということだ。ダニエルはまったくひがみっぽいところがないので（魔力をわずかしか持たない身の上で、得難《えがた》い精神性だ）自分も気にせずに接してしまっていた。いやむしろこんなことを考えてしまうこと自体が失礼なのか？　わからない。とにかく、自分にはダニエルに好かれる要素があるとは思えない――

そこまで考えて（所要時間二秒ほど）さらに重要なことに思い当たった。そういえば、そもそも自分はとんでもない大失敗をしているではないか！

テロ計画を防ぐことに成功したのは、ロベルト・ヴァロのおかげだ。アレクシスはなにもしていない。ウィクトルビスを止めることも、ステファニーを説得することもできなかった。ロベルトが来なかったらアレクシスは殺され、エリシウムも壊滅的な攻撃を受けていた。ダニエルがせっかくアレクシスの考えた作戦を採用し託《たく》してくれたというのに、自分はそれにまったく応えられなかった。それなのに、ロベルトと反目するダニエルに黙っていてくれなどという口を利いて……ああ、ダメだ。良いところがひとつもない。完っ全に終わった……。

空には美しい虹が出ているというのに（エリシウムでは最高の吉兆だ）、アレクシスの心は暗澹《あんたん》としてしまった。

ええい、うじうじしていてもしょうがない。最後の最後に弟子にしてくれなんて言い出して、迷惑がられたら台なしである。無事にすべてが解決したのだ。潔《いさぎよ》く別れを告げて、気持ちよく終わろうではないか。

アレクシスは息を吸いこんだ。

「ブラッグさん、今まで本当にありがとうございました。徒弟実習がこんな形になるとは思ってもみませんでしたが、大変貴重な経験をさせていただき、価値のある時間がすごせたと思っております。未熟者ゆえ色々とご迷惑をおかけしてしまったことを心苦しく感じるしだいではありますが、お世話になった諸々《もろもろ》の事柄については言葉に尽くし難いほどの感謝の念にたえず……」

「なにを長々と述べてるんだよ。嫌味か？」

「違いますよ！　きちんとお礼を言わなくてはと思ったら、少々堅苦しくなってしまっただけです！」

「お前が礼を言うようなことなんて、なにもないだろ」

ダニエルはいつものように軽く返すと「腹減っただろ？　飯食おう」と言ってさっさと歩き出してしまった。

え、契約の解除は？　この人、まさか師弟契約のことを忘れているのか？

言ったほうがいいのだろうか……と迷いつつも横に並んで歩いていると、ダニエルが世間話をするように言った。

「お前、このあとどうするんだ？　夏季休暇《かききゅうか》はまだ半分以上残ってるんだろ？」

「え？　ああ、はい。例年どおりなら父の家に一、二週間滞在して、あとは特に予定もないので、学校の寮に戻って勉強やバイトをしてすごすつもりです」

場合によっては母の外交に付き添って出かけるかもしれないが、大抵は地味な夏休みを送って終わりだ。

「そうか。じゃあソルフォンス首都《すべ》に戻ってきたらオレのところに来いよ。魔法捜査局に問い合わせれば連絡がつくようにしておくから」

「へ？」

当然のようにさらりと言われたので、アレクシスは不意を突かれてまぬけ面をさらした。

ダニエルの紫水晶《アメシスト》の瞳がこちらを向く。

「いくらお前が立派な魔法使いを目指したとしても、今のままじゃあ揉《も》めごとに対処できないだろ。必要な技を身につけなけりゃ、本物に遭遇した時に生き残れない」

「えっ、ちょ、ちょっと待ってください」

アレクシスは混乱しながら言った。あれ、まさかダニエルは自分を指導してくれようとしているのか？　いや、でも――

「ありがたいですけど、その、俺が非暴力主義なのはご存じですよね？　戦うための技術なんて――」

「別に、相手を叩きのめす方法を覚えろと言ってるわけじゃない。お前が求めているのは、戦いを回避する術《すべ》だろ？　それを教えてやるよ。攻撃のかわし方、相手を傷つけずに捕らえる方法——いくら暴力を否定したって、自分が先にのされちゃ終わりだろ」

「えっと、それって……」

まだ意図を量りかねているアレクシスに、ダニエルは唇の端をつり上げて言った。

「お前がその高潔な平和主義を貫いていけるように、鍛えてやるよ、アレクシス。ちゃんと、一人前になるまでな」

アレクシスは驚きのあまり、しばらく口が利けなかった。ダニエルはその顔をにやにやと眺めながら言った。

「言っとくが、オレの修行は厳しいからな？」

アレクシスははっとしたように驚愕《きょうがく》から立ち直り、気持ちを引き締めて——でも、思わず笑ってしまうのを止《と》められずに——返事をした。

「——はい！　よろしくお願いします、師匠」

終章

THE ROAD TO WIZARD

以上が、アレクシス・スワールベリーがダニエル・ブラッグに弟子入りを果たした経緯《けいい》である。

アレクシスの魔法使いへの道はまだ始まったばかりなのだが——まずは、大量破壊兵器によるテロ未遂事件に関わっていた人物がその後どうなったのかを説明しておこう。

エリシウム共和国オベリア郡知事が関与していたテロ計画は、世間の表沙汰《おもてざた》になることなく内々に処理された。

ヒューバート・ランドン知事の顧問弁護士を務めていたヘンリー・モランは、自身がオムニス帝国の過激派組織デウム・アドウェルサの幹部であることを認め、今回の計画にランドンを引き入れたのは自分の一存であると供述した。事前にランドンの生い立ちを調査し、利用するために娘のステファニーと結婚させた。言葉巧みに操って従わせ、若いふたりはだまされたにすぎないのだと。しかしランドンのほうは自分が彼らを利用するために近づいたのだと主張し、ステファニーはみずからの意思で父と夫に協力したと——そして、ふたりとも自分を心から愛してくれていたと——証言した。

三人の処遇については再三の検討がなされ、結局、ヘンリー・モランはデウム・アドウェルサの一員として多くの犯罪に関わっていたこともあり、終身刑が言い渡された。模範囚として認められれば、数年、あるいは数十年後に減刑の恩赦《おんしゃ》が受けられる可能性はある。

獄中でヘンリーは、友人の弁護士に手紙を送った。自身の仕事を引き継いでくれること、そして、あるものを預かってくれること。

ヘンリーはノンフィクション作家だった父親のジェローム・モランから、未発表の原稿を遺《のこ》されていた。生前ジェロームが何年もかけて戦争体験者の証言を集めた資料だが、政府の検閲《けんえつ》にあい出版が叶《かな》わなかったものだ。ヘンリーは友人に、その原稿を大切に保管し、時代が変わり公表できる時がきたら世に出して欲しいと託した。

ヒューバート・ランドンは流罪《るざい》となった。表向きは事故で亡くなったと発表され、人知れず辺境の島へ追放された。そこではランドンのことを知る者はおらず、彼は文明の遅れた貧しい暮らしをする島民とともに、畑仕事や漁をして一生を送ることとなる。

ステファニー・ランドンは二度と魔法が使えないように封印を施《ほどこ》され、政府の監視の下、聖アルブム教会付属の女学校へ通わされた。後見人としてステファニーを迎え入れた養父母は、無気力で打ちひしがれた彼女にあたたかく接し、おだやかな日々を送った。

長い年月が徐々《じょじょ》に傷ついた心をなぐさめ、やがて周囲の者がステファニーは完全に立ち直ったと思った頃、彼女は忽然《こつぜん》と姿を消した。地元警察は捜索を行ったが、なぜか彼女を監視していたはずの魔法捜査局は、行方《ゆくえ》を突き止めるための捜索隊を編成することはなかった。おそらく、ステファニーがどこへ向かったのか把握《はあく》していたのだろう。彼女に夫の居場所を教えることができたのは、魔法庁に属した者に違いないのだから……。

ところで、人生とは本当にわからないものである。夏休みが始まる前は、アレクシスは自分がこんな騒動に巻きこまれるとは露《つゆ》ほども思っていなかったし、ましてや師匠を持つことになるとはまったく予想できていなかった。

とはいえこの時点では、アレクシスはこの顛末《てんまつ》に満足を覚えていた。望みどおりダニエルに弟子入りすることができ、この人のもとで修行をしていれば、きっと理想の魔法使いへ近づけるはずだと、明るい希望を抱《いだ》いていたのである。

しかし残念ながら、人生とは思いどおりにいかないものなのだ。

魔法学校卒業後、正式な弟子としてダニエルのもとで暮らすことになったアレクシスは、結局二年半ほどで失意とともにそこを去ることとなってしまう。故郷スワールベリーに帰るわけでもなく、見も知らぬ土地で魔法使いの仕事を始め……さらには、よりにもよって一番苦手とする、若い女の子を弟子にとるという信《しん》じ難《がた》いことをしてしまうのだが——

それはまた、別の話……というわけだ。

END

あとがき

『魔法使いへの道 ―腕利き師匠と半人前の俺―』を最後までお読みくださり、どうもありがとうございました！
終章までご覧になった方はお気づきかと思いますが、このお話は前日譚となります。もとは「魔法使いへの旅」というアレクシスとその弟子の少女の成長物語を本編として考えていて、この「魔法使いへの道」は過去編としていつか書けたらいいな、くらいに思っておりました。構想中にどうしてもダニエルのことを書きたくなってしまったので、こちらが先に完成してしまいました（笑）。

〈キャラクターについて〉
・ダニエル
このお話が面白くなるかどうかは、ダニエルが魅力的に描けるかにかかっていると思ったので、がんばりました。リアクションは「ストレート・変化球・意外」の三パターンを織《お》り交《ま》ぜて、言動に幅を持たせるように心がけてましたね。一度完成したセリフを何日も検討して変更することも多々ありました。ダニエルが好きというご感想をいただいた時はほっといたしました（ありがとうございます！）。当初はもっと破天荒《はてんこう》キャラの予定だったのですが、アレクシスに尊敬してもらわなきゃならないので、だいぶマイルドになりました。代わりに破天荒なイメージはアイリーンに引き継がれることに（笑）。実はとても情が深くて面倒見がいい人でした。

・アレクシス
この子のことは常にかわいいな、と思いながら書いているのですが、あまりかわいくしすぎないようにしなきゃ！　と自分を戒《いまし》めていた記憶があります。そのせいか最初の頃はわりとダニエルに反発していますね。相当ハイスペックキャラのはずなのに、人生でまったくおいしい思いをしていなさそうなところがなんとも愛しい子です（笑）。

以下、執筆時に思っていたことをふり返ってみたいと思います。プロットなしで書き始めちゃったので、その場その場で先の展開を考えてました。よく完成したなとあきれますね……。

第一章
なんで私は熟女ばかり書いているんだろう？　と思ってました（笑）。そしてアレクシスにはダニエルを「師匠」と呼ばせようと思っていたのに、まさかの名字呼び（笑）。師匠なんてダニエルが絶対いやがるから無理ー！　これは距離が縮《ちぢ》まるのに相当時間がかかるなと思いました。

第二章

なんかバトル物みたいになってしまっている……違う、私が書きたいのはアクションじゃないんだ！　もっと平和な話が書きたい……そしてかわいい女の子が！　と思い、次の展開が決まりました（笑）。

第三章

ここで自分なりに納得のいくものが書けたので、よかった、と思うと同時に、次章はもっと面白いものを書かなければ、と自分へのハードルが上がりました（笑）。あと、冒頭のダニエルとローナの会話は書くのがすっごく恥ずかしかった！

第四章

書く予定のなかったお話でした。ここまでの展開で、主役ふたりの心情がストーリーに追いついていないないなと感じたので、もう少しお互いを認め合ってもらうために急遽《きゅうきょ》エピソードを追加することに。結果的に良いお話になったので、がんばってよかった！　この章で手応えのようなものをつかんだのですが、次章はさらに面白いものを書かなければとハードルが（以下

略)

第五章

書くのに何ヶ月もかかりました。ここでラストまでの方向性が決まると思ったので、何度も書き直しました。冒頭のダニエル視点のシーンは一度全カットしたあと復活させてます。ダニエルの心情をどこまで見せるか、どの情報を開示してどこを隠すかが難しかったです。アレクシスのトラウマについては、これはもう真正面から書くしかないので腹をくくって向き合うことに。そしてシリアスのあとにはコメディを持ってくるという(笑)。酔っぱらったアレクシスは書くのが死ぬほど恥ずかしかったのですが、お話のバランスがとれてよかったなと思います。

第六章

新章を書く時は毎回「ちゃんと面白いものが書けるんだろうか」と緊張でスタートするのですが、五章で結末までの指針ができたので、この章から初めて不安にならなくなりました(笑)。

第七章

本作はダニエルのことを語るために書いたので、ようやくこのエピソードを書く時がきた！　とうきうきでした。しかしこの章を書くのが楽しみすぎて、これより先の展開の詳細を全然決めていなかったことに気づきあわてました（笑）。それに、いい加減ふたりきりでいるシーンが長すぎて飽《あ》きてきた（笑）。なので七章執筆の合間に八章の内容を考えました。新キャラを出し、別行動をさせよう！　と。

第八章
最も書くのが楽しかった話です。平和が一番。そしてアレクシスの得意分野がようやく発揮できました。本当は、こっちのほうがこの子の標準で、ダニエルといる時に見せている顔のほうがめずらしいのですよ（笑）。

第九章
個人的に一番出来が良いかな、と感じている章です。ランドンは初老のタヌキ紳士で書き始めたのですがしっくりこず、二転三転して現在のキャラに落ちつきました。ロベルトはリアクションがストレートのみなので、とっても楽でした。フェルディナンドやメアリーもそうなのですが、自分とまったく似ていないのになぜかセリフがすらすら出てくるキャラです（笑）。

第十章
予定していた展開を全ボツにして、一から作り直しました。当初はこんなに深いテーマになるとは思っていなかったので（笑）。陰謀を阻止したあとのほうが大事なので、最後まで気を抜かずにがんばりました。五章とは比べものにならないくらい時間がかかっています（笑）。書き上がってからも、本当にこれでいいのかな、と悩みながら何ヶ月も推敲し続けていました。

終章
ラストの一文を書いた時は、私自身もアレクシスと同じくスタートラインに立ったような清々しい気持ちになりました。そして「この終わり方では、公募は無理だ……」と思い、応募をあきらめていました（笑）。こうして日の目を見ることができて、本当によかったです。

ここまで読んでくださった方、またウェブで読んで「面白かった」と伝えてくださった方々も、どうもありがとうございました。ふたりの旅はここで終わりですが、アレクシスの物語はまだ始まったばかりです。続編が出せる予定はまったくなく（笑）、そもそも書ける体力が自分にあるのかどうかも大変怪しいですが、もしもあなたが「続きが読みたい」と思ってくださるのであれば、すてきな奇跡が起きるかもしれません。
体調が悪くて寝ている時間の多かった自分にとって、本はたくさんの学びや豊かさ、愛や希望を与えてくれるものでした。その恩返しの意味もこめて書いたお話です。本書がそれらをあなたに少しでも贈ることができていたのなら、これほど嬉しいことはありません。
いつかまた、楽しんでいただける物語を届けられますように。愛と感謝をこめて。

光乃えみり

ダニエルさんに正式に師事した後も
振り回される姿が目に浮かぶようです。
苦労性のアレクシス君に幸あれ!!

ずじ

本書は、２０２１年に魔法のｉらんどで実施された「魔法のｉらんど大賞２０２１」で異世界ファンタジー部門賞を受賞した「魔法使いへの道　―腕利き師匠と半人前の俺―」を加筆修正したものです。

魔《ま》法《ほう》使《つか》いへの道《みち》 下《げ》

—腕《うで》利《き》き師《し》匠《しょう》と半《はん》人《にん》前《まえ》の俺《おれ》—

2023年1月30日　初版発行

著者　光乃《こうの》えみり
イラスト　ずじ

発行者　山下直久
発　行　株式会社KADOKAWA
〒102-8177 東京都千代田区富士見2-13-3
電話 0570-002-301（ナビダイヤル）

編集企画　ファミ通文庫編集部

デザイン　モンマ蚕（ムシカゴグラフィクス）

写植・製版　株式会社オノ・エーワン

印刷・製本　凸版印刷株式会社

●お問い合わせ
https://www.kadokawa.co.jp/（「お問い合わせ」へお進みください）
※内容によっては、お答えできない場合があります。
※サポートは日本国内のみとさせていただきます。
※Japanese text only

ISBN978-4-04-737238-2　C0093
定価はカバーに表示してあります。

女神により転生することになったお爺ちゃん。
望んだのは「健康な体」だけだったのに、
チート能力までも与えられてしまう!
転生後にその力を持て余していた彼は、
女神の「冒険者になって人生を楽しみなさい」
という助言により、冒険者として王都へ赴く。
コミカライズ
月刊コミックアライブ
Web にて
毎月27日連載中!
enterbrain

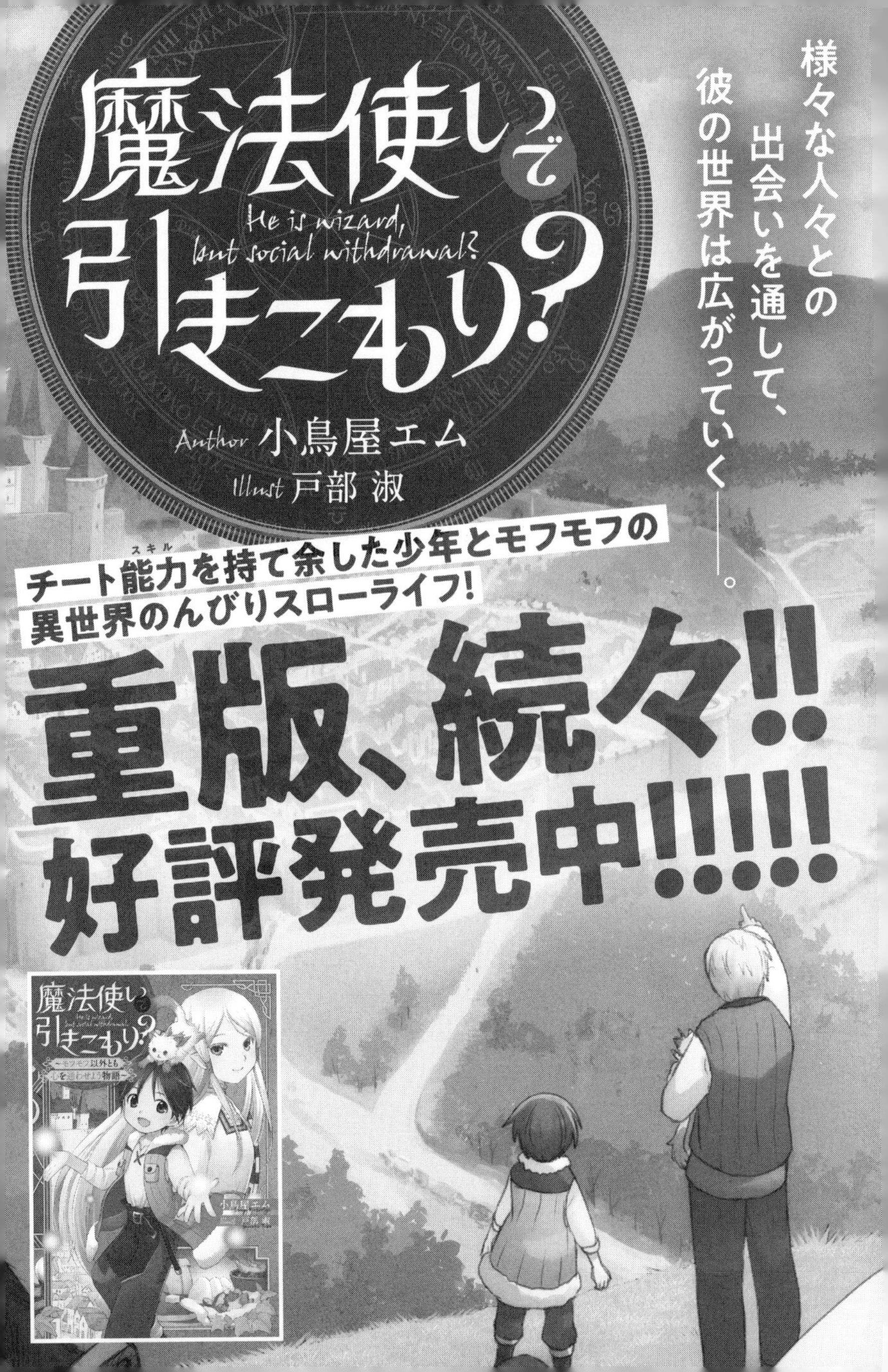

魔法使いで引きこもり?
He is wizard, but social withdrawal?
Author 小鳥屋エム
Illust 戸部 淑
様々な人々との出会いを通して、彼の世界は広がっていく――。
チート能力《スキル》を持て余した少年とモフモフの
異世界のんびりスローライフ!
重版、続々!!
好評発売中!!!!!

月汰元
[イラスト]
himesuz

東北のとある街で愛された"最後の書店"に起こった、
かけがえのない出会いと小さな奇跡の物語——。
"本の味方！"榎木むすぶが繋ぐ、
もう一つの本と人のビブリオミステリー。
むすぶと本。
『さいごの本やさん』の
長い長いおわり
店主の急死により、閉店フェアをすることになった幸本書店。そこに現れたのは、故人の遺言により幸本書店のすべての本を任されたという都会から来た高校生・榎木むすぶ。彼は本の声が聞こえるという。その力で、店を訪れる人々を思い出の本たちと再会させてゆく。いくつもの懐かしい出会いは、やがて亡くなった店主・幸本笑門の死の真相へも繋がってゆく——。
KADOKAWA
B6判単行本で
発売!!